湯けむり、未亡人村

霧原一輝
Kazuki Kirihara

イースト・プレス 悦文庫

目次

第一章　テレワーク移住は温泉地　7
第二章　チーフディレクターの美脚　49
第三章　禁止令と夜這い　94
第四章　若女将との濡れた情事　135
第五章　新しい恋人　176
第六章　残る人戻る人　221

湯けむり、未亡人村

第一章　テレワーク移住は温泉地

1

（やっぱり温泉はいいな。ひとりだから、余計にリラックスできる）

工藤洋平（くどうようへい）は乳白色のお湯につかって、夜空を見あげた。

このS温泉郷は硫黄泉で有名な温泉地だから、卵の黄身に似た香りがして、日常では味わえない特別感をもたらしてくれる。

内湯と露天風呂のある貸切り風呂を、洋平はひとり占めしている。

今、洋平がつかっているのは露天風呂で、一応屋根や目隠し用の塀はついているが、その間から、満天の星が見える。

今日は晴天のせいもあって、東京にいるときよりも星々がはるかに大きく、明るく輝いて見える。

乳白色のお湯からは白い湯けむりが立ち昇り、塀の向こうには広葉樹の緑がひろがっていた。

（ほんと、会社がここにテレワーク移転してよかったよな……）

洋平は、ゆっくりと肩にお湯をかける。

現在、工藤洋平は二十三歳。昨年、WEB制作会社『ノア』に入社した。

この一年間、チーフディレクター・神崎日菜子の厳しい教育を受けて、WEBデザイナーとしてようやく使い物になりはじめたところだ。

この一年はほぼ毎日、日菜子チーフに叱責されて、本当に苦しい時期だった。

ようやく仕事に慣れた頃、新型コロナが爆発的に蔓延した。

しばらく在宅ワークをしていた。WEB制作の仕事なのだから、テレワークでもよさそうなのだが、突然、うちの藤掛社長がこう宣言した。

『在宅ではどうも能率がさがるようだし、東京では社員の罹患が心配だ。うちは、営業部を残して、主力部隊はオフィスを田舎に移す。今、流行りのテレワーク移転だな。幸い、うちの主力部隊はみんな独身だしな。ちなみに移転先はもう決めてある。信州の松本からさらに山のほうに入ったところにあるS温泉郷のS温泉旅館だ。ほら、うちがWEBを管理しているあの旅館だ。あそこがこのコロナで、客足がぱったり途絶えて、ピンチらしいんだ。女将の相談に乗っている間に、ピンと来たよ。あそこは旧館の別館があるだろ？　別館は今、客が少なくてまったく使用されていない。それで女将に、どこかに一時的に貸し出すことができたらと相談を受けてな……うちしかないと思ったよ。うちが東京のオフィスをあそこに移せば、お互い、ウインウインじゃないかってね。いろいろと交渉をして、決めたよ。宿の別館を借り切るから、一人一部屋は保証する。朝夕と旅館の食事を出してもらう。客に出す食事だから、美味しいぞ。それに、別館の温泉も入り放題ってことになった。ああ、それから、通信状態をよくしてもらうために、Ｗｉ－Ｆｉは増設してもらった。部屋はこれでいいんですかというくらいに格安で貸してもらっている。来月から移転するから、お前らも準備をしておくように……いいよな。Ｓ温泉郷と言えば、憧れの温泉地だものな。毎日、あそこの温泉につかっていられるんだぞ。空気も澄んでいるし、食事も美味い。羨ましいよ……ちなみに、俺は家族もいるから、東京に残る。で、俺の家の離れを営業部として使用することになる。制作部のほうはすべてチーフディレクターの神崎くんに任せる。以上だ』

うちの藤掛社長は一度決めたら、絶対に自分の考えを曲げない頑固者だ。

それに、その話を聞いたとき、洋平は驚きとともに、地方移転に強く興味を惹かれた。

入社してから多忙だったこともあって、ガールフレンドはいないし、離れて暮らすことがつらいような人もいない。家族は故郷の山口県に住んでいる。

コロナが完全終息するまでは、Ｓ温泉旅館でリモートワークするというから、借りているアパートの契約を打ち切った。旅館の部屋代などは会社で出してくれるから、その分、家賃が浮く。

それに、東京ではコロナウイルスをもらう可能性は高い。しかし、地方ならその確率はぐっと低くなる。洋平にとってはいいことずくめのコロナ移転だった。

移転して十日が経過し、ここの生活にも慣れてきたところだ。

社長が言っていたように、食事は美味しいし、温泉は癒される。それに、通勤時間がないのがとても得した気分になる。

また、このへんは極端にコロナ罹患率が低く、コロナにかかっている人はゼロ。『ノア』の社員も全員がＰＣＲ検査をして陰性が証明されてから来ている。それに、別館だから客と会うこともない。したがって、面倒で鬱陶しいマスクをしないで済む。

驚いたのは、ここは有名な温泉郷でありながらも、いわゆる温泉街と呼ばれるものがなく、あるのは、食事処と土産物屋が数軒だけという辺鄙さだ。

　東京に住んでいるときはそう感じなかったが、こうして田舎暮らしをはじめると、東京のあの雑多な喧騒がふと恋しくなるときがある。

（だけど、文句は言えないよな。毎日、地元の食材を使った食事を提供されて、こんな貸切り風呂まで使わせてもらっているんだから、贅沢だよな）

　別館には男女別の大浴場と、三つの貸切り風呂があって、そこをうちの社員だけが使わせてもらっている。

　ここに来ている社員は男性六名、女性二名の計八名だから、貸切り風呂はほぼ自由に使える。

　群青(ぐんじょう)色の空に浮かぶ星座をぼんやりと眺めていると、人が入ってくる気配があった。

（おかしいな。入口の札は入浴中に引っくり返したはずなんだけど……）

　内湯のほうを注意して見ていると、しばらくして、白い長襦袢(ながじゅばん)のような湯浴(ゆあ)み着をつけた女が内湯から姿を現した。

　黒髪を濡れないように後ろで結いあげている。おっとりした感じの癒し系の美人である。

（仲居の矢代眞弓(やしろまゆみ)さんじゃないか……どうして？）

どないのだが……。
　洋平はとっさに股間を隠した。乳白色のお湯でなかは見えないから、隠す必要な
　名前を記憶しているのは、矢代眞弓がすごい美人で、先輩たちがウワサをしてい
るのを聞いていたからだ。確か、三十八歳で夫は亡くなっているということだ。
「工藤さま、お背中をお流しするように上から仰せつかっております。外には洗い
場がありませんから、どうぞ、内湯のほうに」
　眞弓が口許に笑みを刻んで、洋平を手招いた。
「えっ、ああ、はい……」
　洋平は曖昧な答え方をする。
　仲居さんはすでに夕食の片づけを終わっているはずで、本来なら帰宅する時間だ。
そんな仲居さんに、背中を流してもらえるなんて最高だ。
　しかし、こんなサービスがあるとは聞いてない。ほんとうにいいのか？　迷って
いると、
「いいから、いらっしゃいな。女将さんから言われているんだから、大丈夫ですよ。
それとも、わたしみたいなオバさんではおいやですか？」
　眞弓がかわいく小首を傾げた。

三十八歳なのにメチャクチャかわいいし、色っぽい。

それに、白い長襦袢のような湯浴み着の胸のふくらみからは、ぽちっとした突起が浮かびあがっている。

「いえ、オバさんだなんて……矢代さんはお若いし、すごい美人だし……」

「じゃあ、いらして」

「……お、お言葉に甘えさせていただきます」

洋平は傍にあったタオルを取り、股間を隠して、岩風呂から出る。

内湯に入っていき、カランの前の木の洗い椅子に腰かけた。

すると、眞弓が後ろにしゃがんで、背中を泡立てたタオルで擦ってくれる。

ぬるっとした石鹼と柔らかなタオルがいい感じで、背中を上下に動く。

気持ちが良かった。

背中を流してもらった記憶はないから、たぶん、初体験をしている。

肩から肩甲骨、さらに、背骨に沿ってぬるぬるしたタオルがすべっていくと、表面ばかりではなく、体の芯までがほぐれていくようだ。

眞弓はさらに、タオルを腋の下から前のほうに持ってきて、胸板まで洗ってくれる。

丁寧に石鹸で汚れを洗い落とすと、シャワーを浴びせてくる。

シャワーやカランの水は水道水で、適度に温かいお湯が体中の石鹸を洗い流していく。

洋平が前を向くと、少し曇った鏡に洋平と背後の眞弓が映っていた。

シャワーの飛沫を浴び、眞弓の白い湯浴み着が濡れて肌にくっついていた。

「あっ」とあがりかけた声を必死に押し殺す。

濡れた湯浴み着から、肌色の乳房とともに中心の色の濃くなった突起が透けて見えたのだ。

(ああ、美人仲居さんの乳首が……！)

それを目にした途端に、股間のものが激しく反応した。

股間にかけていたタオルを、勃起が押しあげる。その突っ張りを隠そうと、そこを手で隠した。

すると、眞弓の石鹸まみれの手が前にまわり込みながら、スーッとおりていって、いきりたつものを握ってきた。

「あっ、くっ……！」

電流が走るような快感に、思わず呻いていた。

「ふふっ、こんなに硬くして……どうしたの？」

眞弓が後ろから、耳元で囁きながら、肉棹を握る指に力を込めた。

「あの、その……ぁああ、ダメです！」

たっぷりのソープがついた指で、ぎゅっ、ぎゅっと勃起をしごかれて、洋平はどうしていいのかわからない。

「ダメなの？」

「ええ、マズいです」

「どうして？」

「どうしてって……」

「大丈夫よ。わたしはこのことを誰にも言わないし、工藤さんが黙っていれば、他の人に知られることはないでしょ？」

眞弓はやけに積極的だった。しかし、あまり積極的に来られても、逆に何か裏があるのかと不安になってしまう。

「俺はもちろん誰にも言いません。でも、何か心配で……」

「ふふっ……大丈夫よ。お金を請求したりしないから……わたし、五年前に主人を亡くしてから、女手ひとつで娘を育てているの。独り身なのよ。だから……妙な心配しなくていいの。もう、女にこんなこと言わせないで」

「……すみません」

「工藤さんはどうなんですか？　ガールフレンドはいらっしゃるの？」

「いませんよ。ずっといません」

「東京にいい人がいるんじゃないの？」

眞弓がやけにしつこく聞いてくる。

「いません。俺、ずっといないんです」

「寂しいわね」

眞弓が同情してくれたのか、いっそう情熱的に勃起を握りしごいてくれる。

「ああ、くっ……！」

「すごく敏感ね……まさか、童貞だったりして？」

「違います！　大学生のときに卒業しました。でも、それから、彼女ができなくて」

「そうだったの……可哀相。あなたのようないい男を放っておくなんて、東京の女はどうなっているの？　田舎暮らしはどう？」

「いい感じです。俺には都会より、田舎のほうが性に合っているかもしれません」

「そう……」

眞弓がぐっと身体を寄せてきた。

背中にとても柔らかなものが押しつけられる。お湯を吸った湯浴み着に包まれた乳房である。

眞弓は自らオッパイを擦りつけながら、タオルの下に差し込んだ右手で、いきりたつものを握って、しごいてくる。

石鹸がローション代わりになって、ちゅるちゅるした摩擦感がたまらない。

「ぁああ、ダメです。そんなにされたら……」

「されたら？」

「出ちゃいます」

洋平の恋人は自分の右手だから、指でしごかれると、すぐに射精してしまいそうになる。

「それは、もったいないわね」

眞弓は手しごきをやめて、洋平の股間に付着した石鹸をシャワーで洗い流した。

「ゴメンなさい。寒くなってきたわね。一緒にお風呂につかりましょうか」

そう言って、眞弓は内湯に入っていく。

眞弓についで、洋平も内湯につかる。

洋平はもちろん、貸切り風呂に女性と一緒に入ったことなどない。

内湯も乳白色で、お湯のなかは白く濁っていて見えない。それでも、すぐ隣に美人仲居がいるというだけで、ドキドキして、股間のものは力を漲(みなぎ)らせる。

すると、突然、お湯のなかの勃起に何かが触れた。眞弓が右手でそれを握り込んできたのだ。

なかが見えないから、すべてが唐突に起きる。

眞弓が握りしごくたびに、濁り湯がわずかに波打って、波紋が起きた。

「気持ちいい？」

眞弓が色っぽく訊いてくる。

「はい……すごく」

「もっと気持ち良くしてあげる。立ってみて」

「た、立つんですか？」

「そうよ」

眞弓が言う。

（ここで立つということは、もしかして……）

期待を込めて、洋平は急いで立ちあがった。

陰毛から、反ったった肉の柱がそそりたっているが、もうさっきのように隠すつもりはなかった。

それを見て、眞弓の瞳が大きく見開かれた。

「立派よ。使っていないから、元気だわ。お臍に向かっているわね」

艶めかしい笑みを口許にたたえて、眞弓が正面にまわり込んできた。

いきりたつものの根元を握って、ゆったりとしごく。それだけで、洋平は暴発しそうになる。

ますますギンとしてきた屹立に、眞弓が唇をかぶせてきた。

途中まで吸い込んで、なかで舌をからめてくる。

（ああ、これが仁王立ちフェラか！）

ずっとしてもらいたかったことだった。だが、大学の先輩はしてくれなかった。

サークル活動の年上の先輩は、三回セックスしたところで、新しいボーイフレンドに鞍替えして、洋平は捨てられたのだ。

しかし、今、待望の仁王立ちフェラを美人仲居さんにしてもらっているのだ。

（こんなラッキーすぎる体験をしてもいいのか？　あとで何か大変なことが待って

いるんじゃないか？）

　そう感じたとき、先輩社員の会話を思い出した。

　夕飯を摂りながら、樺沢先輩と伊藤先輩がこう言っていた。

『ここの仲居、美人揃いだけど、なんか、みんなエロいんだよな。この前も、俺、誘われてさ。この村、なぜか男が少ないだろ？　それに、未亡人がやけに多いんだよな。だからさ、きっとみんな性欲を満たしてくれる男がいなくて、飢えているんだと思うぞ。そこに、俺たちがやってきたというわけさ。いい意味で、飛んで火にいる夏の虫だろ？』

　そのときは、ただ羨ましかった。

　しかし、今、実際に未亡人仲居に貸切り風呂で仁王立ちフェラされると、先輩の言葉が真実味を帯びてきた。

（きっと、先輩の言うとおりなんだ。眞弓さんも満たされていないんだ。欲求不満で、それを俺にぶつけているんだ！）

　腑に落ちると、さっきまで抱いていた戸惑いや後ろめたさが消えて、代わりに、強烈な性欲がむらむらと湧きあがってくる。

　眞弓が顔を振りはじめた。

ふっくらとした唇を肉棹にからめるようにして、ゆっくりとスライドさせる。それだけでも気持ちいいのに、もう一方の手で二つの睾丸をお手玉でもするように、あやしてくれているのだ。

右手で根元を握って、包皮を完全に押しさげ、剝き身になった亀頭冠に唇と舌をからめるようにして、擦ってくる。そうしながら、皺袋をやさしく触ってくれている。

（ああ、すごい……！　大人のフェラってこんなことまでしてくれるんだ）

この丁寧で献身的なフェラチオを経験して、初めて、大学の先輩がいかにいい加減なフェラチオをしていたのかが、よくわかった。

眞弓は時々、ちらり、ちらりと見あげてくる。

まるで、自分の愛撫の効果を推し量るような目を向け、洋平が呻くと、満足したかのようにまたフェラチオに集中する。

源泉が湯船に注がれるジョボジョボという水音に、ジュブッ、ジュブッというとても卑猥な唾音が混ざっている。

濁り湯から立ち昇る湯けむりが、眞弓をいっそうエロチックに浮かびあがらせている。

お湯が沁み込んだ湯浴み着の胸はぴったりと乳肌に吸いついて、肌色とともに、中心の色の濃くなった乳首を如実に浮かびあがらせている。

その透け出た乳首を目にして、洋平の分身はびくんと躍りあがった。

きっとその脈動がわかったのだろう、眞弓はにこっとして見あげ、それから、右手のストロークをはじめた。

それまでは握ったままだったのに、ゆっくりと上下にすべらせ、それと同じリズムで顔を打ち振る。

ジーンとした痺れるような快感がふくらんできた。

とくに、カリを唇と舌で短く往復されると、そこから、どうしていいのかわからなくなるような快感がうねりあがってくる。

「ああ、出そうだ。出ます！」

ぎりぎりで訴えた。眞弓はちゅるっと肉棹を吐き出して、立ちあがった。

ものすごい光景だった。

白い湯浴み着がぴったりと肌に張りついて、乳房のふくらみと頂上の色の濃くなった突起が透け出ている。それだけではない、下腹部では黒い翳りもはっきりと浮かびあがっているのだ。

眞弓が近づいてきて、股間のいきりたちを握り、耳元で囁いた。

「あなたの部屋に行きたいわ……いい？」

「も、もちろん！」

洋平は嬉々として答える。

2

洋平は十畳の広縁付き和室に敷かれた布団に胡座(あぐら)をかいて、眞弓が仲居のユニホームである着物を脱いでいるのを眺めている。

夢のような出来事で、いまだにこの事実を受け入れられない。

後ろを向いた眞弓が帯を解き、無地の着物を肩からすべり落とした。

つづいて、白い長襦袢の腰紐を外して、脱いだ。

適度に肉のついた女らしい後ろ姿だった。ウエストは細いのに、そこから急峻な角度で尻がせりだしていて、尻たぶの白さが目を引く。

眞弓が振り返って、胸のふくらみを両手で隠しながら、近づいてきた。

洋平を仰向けに倒し、すでに解かれている長い黒髪をかきあげながら、上からじっと見つめてくる。

「S温泉郷へようこそ。歓迎いたします」

眞弓はぱっちりした目を向けて言い、胸板に顔を寄せてきた。

両手で洋平の肌をさすりながら、小豆色の乳首にキスをする。ちゅっ、ちゅっとついばむようなキスをしてから、舐めてくれる。

（ああ、女の舌って、こんなに気持ちいいものだったのか！）

くすぐったいが、ざわざわする。

「あらあら、きみの乳首、どんどん硬くなってきたわよ……ここはどうかしら？」

冗談めかして言って、眞弓は右手をおろしていく。

下腹部のものはすでに半勃起状態だった。それを握られて、強弱つけて圧迫されると、分身はますます力を漲らせてしまう。

「すごいわね。あっと言う間にカチンカチンになった……しばらくしていなかったのよね？」

眞弓がしごきながら、訊いてきた。

洋平はここは思い切って、事実を打ち明けることにした。そうしたほうが肩の荷がおりて、リラックスできる。

「はい……初体験が二十一のときだったから、もう二年もセックスしていません」

「そんなに？」

「はい、なかなか恵まれなくて……しょうがないから、自分でしていました」

「可哀相に……わたしがたっぷりと可愛がってあげるわ。いっぱい愛情を注いであげるから。大丈夫よ、わたしに任せて……」

眞弓は艶めかしく黒髪をかきあげた。

乳首を舐めたり、キスしたり、指で転がしたりしながらも、右手ではイチモツをしっかりと握ってくれているのだ。

（ああ、気持ちいい……大学の先輩とは全然違う……！）

やはり、三十八歳の未亡人ともなると、経験豊富でテクニックもあるのだろう。

それ以上に、男を悦ばせようとする気持ちが感じられる。

（そうか……これが女の人なんだな）

最初から眞弓のような女性に筆おろしをされていたら、自分はこんな寂しいセックスライフを送っていなかっただろう。

そのとき、眞弓の顔がさがっていった。

胸から腹部へとキスをおろし、さらに、臍から真下へと舐めおろす。

「ぁああ……！」

ぞくぞくっとした快感に、思わず声をあげていた。

眞弓は足の間にしゃがんで、洋平の膝裏をつかんだ。何をするのかと思っていると、ぐいと持ちあげられる。

「あっ……！」

赤ちゃんがオシメを替えられるときの格好を取らされて、思わず、手でイチモツと尻の孔を隠していた。

「恥ずかしいの？」

「はい……」

「ほんと、ウブなんだから」

「す、すみません」

「いいのよ。謝ることじゃないわ。むしろ、わくわくしているの。ほら、手をどかして」

眞弓に言われて、洋平はいやいや手を外す。

これでは、おチンチンはおろか、尻の穴まで丸見えだ。

恥ずかしい。しかし、その一方で雄々しくエレクトしたイチモツや睾丸を見られていることの不思議な悦びもある。

「いい格好よ。赤ちゃんみたい。ママが舐めてあげまちゅからね」

冗談ぽく言って、眞弓が勃起の裏の方を舐めてきた。

裏筋に沿って舌を走らせ、そのまま、ぱっくりと上から咥えてくる。

「あ、くっ……！」

あまりの快感に呻いていた。眞弓はゆったりと顔を打ち振って、唇をすべらせる。

「ぁああっ……！」

またまた、声が洩れた。

「ほんと、敏感ね。女の子みたいよ」

肉棹を吐き出した眞弓がそう言って、ぐっと姿勢を低くし、アヌスの近くを舌で刺激してきた。

「ああっ、そんなところ！」

「ふふっ、ここは蟻の門渡りと言って、すごく感じるところなのよ。これはどう？」

アヌスと睾丸の間の縫目をちろちろっと舌先で撥ねるようにされると、むずむずした感覚が一転して、もっと何かしてほしいような焦燥感に変わった。

「どう、気持ちいいでしょ？」

「はい……気持ちいいです」

「じゃあ、ここはどうかしら？」

次の瞬間、睾丸をなめらかな舌が這った。

(ああ、すごい……女の人はキンタマまで舐めてくれるんだ！)

驚いている間にも、眞弓は袋の皺を伸ばすかのように、丹念に舌を走らせる。ぞくぞくした。睾丸が悦んで、なかで動いている。

だが、驚きはつづく。片方のキンタマが温かいものに包まれたのだ。

ハッとして顔をあげて見ると、向かって右側の睾丸がなくなっていた。いや、そんなはずはない。よく見ると、眞弓が片方のキンタマを頬張っていた。

(こ、こんなことができるのか？)

AVを見ても、こんなシーンはなかった。

(ということは、このタマ食いは眞弓さんだけの特技なのだろうか……)

その間も、長くてよく動く舌がねろ、ねろと睾丸にからみついてくる。さらには、チュッーと吸われた。睾丸袋がぎりぎりまで伸びているのがわかる。

「あ、くっ……！」

呻くと、そこでようやく眞弓は袋を吐き出した。

洋平の開いた足の間から、こちらを艶めかしい目で見つめて、ツーッ、ツーッと裏筋を舐めあげてくる。

（ああ、裏筋がこんなに気持ちいいとは……！）

今度は、眞弓は亀頭冠の真裏を集中して攻めてきた。

裏筋の発着点を激しく舌を横揺れさせて刺激し、チューッと吸う。それから、ちゅっ、ちゅっとキスを浴びせ、裏筋に沿って唇をすべらせる。

顔を横向けて、唇の位置を変えながら、吹いたり吸ったりする。

（ああ、これはハーモニカだ！）

眞弓はハーモニカを演奏する要領で、洋平の勃起をかわいがってくれているのだ。

自分の開かされた足の間に、黒髪を垂らした眞弓の妖艶な顔が見える。

裏のほうを刺激しながら、その愛撫がもたらす効果を推し量っているような目で、洋平を見ている。

そして、その向こうにはハート形に分かれた尻が持ちあがっているのだ。

（エロい。エロすぎる！）

気持ちそのままに、勃起がびくんと躍りあがった。

それがわかったのか、眞弓はにこっと笑い、今度は上から頬張ってきた。

依然として、両手で膝裏をつかんでいるので、口だけだ。

唇と舌を使って、ずりゅっ、ずりゅっと大きくしごいてくる。

「ぁああ、うああ！」

洋平はまたまた女の子のような声をあげていた。

すると、眞弓は足を放して、右手で根元を握った。

包皮をぐいと引きさげられる。包皮を完全に剝かれると、雁首のあたりが緊張して、ひどく気持ちいい。

そして、まるでそれがわかっているみたいに、眞弓は雁首を攻めてきた。

浅く咥え、唇と舌で挟みつけるようにして、素早く往復させる。

亀頭冠のくびれを中心に速いピッチでつづけざまに唇をすべらされると、射精前に感じるジーンとした感覚がひろがってくる。

「ダメです。出ちゃう！」

思わず訴えると、眞弓がちゅぱっと肉棹を吐き出して、顔をあげた。

「ねえ、舐めて」

そう言って、尻をこちらに向けて、またがってきた。

シックスナインは大学の先輩としたことがある。

（ああ、こんなに濡らして！）

ぐっと突き出された尻の底で、ふっくらとした花芯がしとどに涎(よだれ)を垂らしていた。濃い繊毛(せんもう)が自然のまま密生していて、その途切れるあたりに、女の印がわずかに口を開いて、内部の赤みをのぞかせている。

ひとりしか経験がないからよくわからないが、とてもエッチなオマ×コだと思った。土手高で、ぷっくりとした肉びらは褶曲してくねっている。

その鶏冠(とさか)みたいなびらびらがひろがって、赤い粘膜がおびただしい蜜でぬめ光っていた。

「ねえ、舐めて……お願い」

眞弓が肉棹を握って、くなっと腰をよじった。

「俺、きっと下手ですよ」

「バカね。セックスに上手、下手なんてないのよ。お互いに本能をぶつけあえば、それでいいの。だから、好きなようにしていいのよ」

「あ、はい……！」

洋平は勇気をもらって、腰を引き寄せ、両手で尻たぶをつかんで開かせた。こうしたほうが舐めやすいと思ったからだ。

接近してきた肉びらの狭間に舌を走らせると、ぬるっとした粘膜が舌にまとわりついてきて、

「うんっ……！」

眞弓は低く呻いた。

「いいわよ。そのまま……したいようにして……いいのよ、本能に身を任せて」

眞弓の言葉が、洋平を勇気づける。

ぬるっ、ぬるっと舌が粘膜を押し割りながらすべっていき、

「ぁああ、そうよ、そう……ぁああ、気持ちいい。あなたの舌、すごく気持ちいい……ぁああ、もっと……」

眞弓が尻を押しつけてくる。

ますます濡れてきた狭間を舐めると、肉びらがふくらみながらひろがって、なかの赤い複雑な粘膜がぬっと現れた。

（すごい！　膣口がひろがってきた。ひくひくしてる。なかまで見える！）

昂奮しつつも、頭のなかはどこか冷静な部分があって、クリトリスを攻めろと命じてくる。

舌を押しつけて、左右にれろれろっと弾くと、

「ぁあん……！　そこ……そこ、感じる。ぁあああうぅぅ……」

眞弓は喘ぐように言って、肉棹をぎゅっと握りしめる。

（そうか……眞弓さんもクリちゃんがいちばん感じるんだな）

洋平は本能的に肉芽に貪りついて、吸ってみた。すると、小さな肉の突起が口に吸い込まれる感触があって、

「ぁあああ、それ……！　あんっ、あっ……あっ……！」

眞弓はのけぞりながら、がくん、がくんと腰を痙攣させる。

（感じているんだ。眞弓さん、本気で感じているんだ！）

洋平がさらにクリトリスを吸い立てていると、眞弓が腰を誘うようにくねらせて、言った。

「ぁあ、欲しい。お指をちょうだい。クリちゃんを舐めながら、お指をちょうだい」

洋平は考えた。本当は中指を挿入するのがいいのだろう。が、クリトリスを舐めているこの格好では難しい。

（そうか……親指なら、邪魔にならない）

洋平は右手を尻の谷間に沿ってあてて、親指を押し当てた。ちょっと力を込めると、ぬるりと嵌まり込んでいき、

「あうぅ……！」

眞弓がエッチな声を洩らした。

（ああ、すごい！）

短くて太い親指を、膣口がぎゅっ、ぎゅっと締めつけてきて、同時になかの粘膜もうごめきながら包み込んでくる。

きゅ、きゅっと締まるたびに、親指が内へ内へと吸い込まれていく。

吸引力抜群のオマ×コだった。ここにイチモツを突っ込んだら、あっと言う間に果ててしまうだろう。

洋平はどうしていいのかわからないまま、無我夢中でクリトリスを舐め、吸いながら、親指で内部を掻きまわした。

ピストンさせてから、上側の粘膜を擦ってみる。そうしながらも、クリトリスを断続的に吸った。

すると、眞弓の気配がさしせまってきた。

「ぁああ、気持ちいい……ねえ、欲しくなった。工藤さんのここが欲しくなった」

眞弓はそう言って、握りしめた肉棹をぎゅっ、ぎゅっとしごいてくる。

3

布団に仰向けに寝た洋平の下半身を、眞弓がまたいだ。

もう一刻も待てないといった様子で、いきりたつものをつかんで導き、ゆっくりと沈み込んでくる。

洋平のイチモツがとても狭い入口を突破して、奥へと潜り込んでいく確かな感触があって、

「ぁあああ……！」

眞弓はまっすぐに上体を立てて、大きく喘ぎ、その声を押し殺そうと手の甲を口に当てた。

「あっ、くっ……！」

と、洋平も奥歯を食いしばっていた。

すごい締めつけだった。

それでいて、奥に行くほどに熱い。そして、その温かい粘膜が侵入者を歓迎する

かのようにうごめいて、硬直にうねうねとまとわりついてくる。

(オマ×コって、こんなに気持ちいいものだったのか！)

締めつけも、温かさも、濡れ具合も、うねりも、記憶していたものをはるかに超えていた。

眞弓は、田舎に住む三十八歳の未亡人。経験を積んでいるから、肉体も熟れに熟れているのだろう。

今こうして見ても、色白の肌はすべすべだ。きっと、これは美肌効果のある温泉に長い間つかってきた、その効果が出ているのだろう。

眞弓は両膝をぺたんとシーツにつけて、腰を前後に揺すりはじめた。

「ぁああ、あああぁ……硬くて、気持ちいい……ぁああうぅぅ」

眞弓は腰を前後に揺すりながら、心から感じているというふうに顔をのけぞらせている。

洋平もうねりあがる快感を必死にこらえる。

すっぽりと根元まで埋まり込んだイチモツが、粘膜で強烈に揉み抜かれている。

入口が締まって、奥のほうを切っ先がぐにぐにと捏(こ)ね、それがすごく気持ちがいい。

やがて、眞弓が足をM字に開いて、言った。

「ねえ、わたしの手を……指を組んで」

「こう、ですか？」

洋平は差し出された眞弓の手指に指を組む形で、下から支えた。

すると、眞弓がその手に体重をかけて、やや前屈みになり、静かに腰の上げ下げをはじめた。

すごい光景だった。

眞弓の腰があがると、蜜にまみれた肉棹の下半分が姿を現す。さがると、漆黒の翳りのなかに消えていく。

自分のおチンチンが女体にずぶずぶと突き刺さっていくさまを、至近距離で見ることができて、洋平はひどく昂奮してしまう。

最初はゆっくりだった上下動が、少しずつ速くなっていった。

「あんっ、あんっ、あんっ……」

切っ先が奥に届くたびに、眞弓は喘ぎ声を弾ませ、黒髪を激しく振り乱す。

尻が打ち据えられ、ピタン、ピタンと音を立て、形のいい豊乳がぶるん、ぶるるんと縦に揺れている。

「ぁああ、くっ……出ちゃう！」

ぎりぎりで訴えると、眞弓は手を放して、覆いかぶさってきた。

洋平の唇を奪い、ねっとりと唇を舐めまわす。そうしながらも、腰は動いている。

（すごい！　すごすぎる！）

ＡＶでは見ていたが、もちろん実際にされたことなどない。

眞弓の舌が口のなかにすべり込んできて、舌をとらえ、からみついてくる。

同時に、腰も揺れて、とろとろの膣が肉棹をぎゅ、ぎゅっと締めつけてくる。

身も心も、ねっとりとした粘膜にからめとられていくようだ。

眞弓がキスをやめて、上から潤んだ瞳を向けた。

「ねえ、オッパイを吸って……」

「えっ……？」

「大丈夫よ。ちょっとつらいかもしれないけど、入れたままできるから」

そう言って、眞弓が斜めに上体を倒して、胸を差し出してくる。

洋平は両手でおずおずとふくらみをつかんだ。

柔らかくて、揉むほどに沈み込んでいく。まるで、底なしの柔らかさだ。

やわやわと揉んでいくと、

「そのまま、乳首をつまんでちょうだい」

眞弓がせがんでくる。

洋平はおずおずと乳首をつまんだ。とても赤ちゃんに吸われたとは思えないピンクの突起がどんどん硬くなって、大きくなってきた。

言われたように、張りつめた乳首をくりっ、くりっと左右にねじると、

「ぁああ、それ……気持ちいいわ。気持ちいい……」

眞弓は胸を預け、腰から下を揺すって、濡れ溝をぐいぐい擦りつけてくる。

「今よ、吸って……おチチを吸って……早くぅ」

洋平は背中を丸め、乳房を持ちあげるようにして、先端にしゃぶりついた。

（すごい！　乳首ってこんなに硬くなるのか！）

驚きながらも、舌をからみつかせた。上下に舐めて、左右に弾く。

唾液で濡れた突起に貪りついて、チューーッと吸ってみた。

「ぁあああ……！」

途端に眞弓は嬌声（きょうせい）をあげ、がくん、がくんと震える。腰が前後に動いて、膣の粘膜がぎゅ、ぎゅっと硬直を締めつけてくる。

（ああ、すごい。吸い込まれる……！）

洋平は下半身の陶酔をこらえて、なおも、必死に乳首を吸った。

チュッ、チュッ、チュッとリズムをつけて吸引すると、それがいいのか、

「あんっ、あんっ、あっ……ぁあああ、我慢できない」

眞弓は自分から腰を振りはじめた。

両手を洋平の胸板に突きながら、腰を振りあげ、落としてくる。

縦の動きが徐々に速くなって、まるで、杭打ち機みたいに激しく、連続して、腰を叩きつけてくる。

入口が締まりながら、擦りあげてくる。亀頭部が奥にぶち当たって、扁桃腺みたいに柔らかなものをぐりぐりと捏ねている。

洋平は一気に追い込まれて、訴えた。

「ぁあああ、ダメです。出ます！」

「いいのよ、出していいのよ」

眞弓が言う。垂れ落ちた黒髪から、切羽詰まった眞弓の顔が見える。

「いいんですか、中出しして？」

「いいの。ちょうだい。なかにちょうだい！　あんっ、あんっ、あんっ……ぁああ、イキそう……わたしもイクわ。あんっ、あんっ、あんっ！」

つづけざまに腰を打ち据えられて、洋平は限界を越えた。

熱い男液が素晴らしい勢いで放出され、洋平は射精の悦びに酔いしれる。

おチンチンが爆発して、頭のなかが真っ白になった。

それは、オナニーでは絶対に味わえない、目眩く絶頂感だった。

4

自分でも信じられなかった。

あんなに大量に放ったのに、分身はいっこうに小さくならないのだ。

「すごいわね。こんなの初めてよ。さっき出したばかりなのに、全然、硬いのね。もう一回できそうだわ」

そう言って、眞弓がフェラチオしてきた。

いまだ元気な肉棹に付着した愛蜜と白濁液を清めるように、全体を舐められると、ますますギンといきりたった。

「素晴らしいわ。ねえ、もう一度して……次はわたしが下になるから」

眞弓は布団に仰向けになり、自分から両膝をつかんで、ぐいと開きながら腹に引き寄せた。

（こ、この格好……いやらしすぎる！）

太腿の奥には台形の漆黒の翳りが生い茂り、その下に、ぷっくりとした肉びらが開いて、赤い内部の潤みをさらしている。しかも、とろっとした愛蜜がしたたり落ちて、尻のほうに伝い落ちているのだ。

「できそう？」

「はい……上手くないと思いますが」

「バカね。セックスは上手い下手の問題じゃないって、さっき言ったばかりでしょ？　いいのよ。わたしを思い切り貫いて。いつ出してもいいのよ、好きなようにして。いいのよ……ぁあああ、ちょうだい。早くぅ！」

眞弓が膝をつかんだまま、腰を左右に振って、とろんとした目で誘ってくる。

（眞弓さん、この辺鄙な温泉地で、夫を亡くしてから、悶々としていたんだろうな！）

だったら、自分ができる限り満たしてあげたい。

洋平はいきりたつものをつかんで、導き、膣口をさがした。結果、赤銅色にてかつく頭部で濡れ溝を擦る形になって、

「ぁああ、焦らさないで……ちょうだい。あなたのカチンカチンを入れてください

……早くぅ」

眞弓が潤みきった目を向けて、訴えてくる。

（ええと、確かこのへんだったな）

洋平は亀頭部を沼地に押しつけて、慎重に腰を進めていく。ぬるっと弾かれた。

（ヤバい……よし、もう一度……）

よりいっそう慎重に切っ先を押しつけて、少しずつ力を込めていく。

すると、とても狭い入口を突破した切っ先が、なかの細道を押し広げていく感触があって、

「ぁああ、すごい！　カチカチよ」

眞弓が洋平を見て、言う。

洋平は上体を立てたまま、曲げた両膝を上から押さえつけるようにして、ぐいぐいと押し込んでいく。

ほとんど本能のおもむくままだった。

すると、膝から手を離した眞弓は、両手でシーツをつかみ、

「あん、あん、あんっ……」

顔をのけぞらせて、喘ぐ。

喘ぎ声が大きすぎると感じたのだろう、とっさに手の甲を口に添えて、喘ぎを押し殺した。

(すごいぞ、俺！　すぐに回復して、こんな美人をよがらせている！)

急に自信が湧いてきた。

それに、さっき射精したせいか、激しく擦っても、まだまだ余裕があって、放つ感覚はないのだ。

洋平は上から押さえつけた膝を閉じたり、開かせたりしながら、連続してピストンした。

膝を閉じるのと開くので、微妙に感触が違う。

がんがん突いていると、眞弓が求めてきた。

「抱いて、抱きしめて……あなたの肌を感じたいの。お願い、抱いて」

その肌の温もりを欲しがる気持ちに、洋平は昂奮した。

膝を放して、覆いかぶさっていく。

上から首の後ろを抱き寄せるようにすると、

「キスして」

眞弓が求めてきた。

洋平はそっと唇を合わせる。すると、眞弓のほうから情熱的に舌をからめてきた。なかで舌を重ね、さらに、唇を舐めてくる。

ぬるぬるになった唇が擦れ合うと、そのつるっ、つるっとした感触がとても気持ちいい。

そのとき、眞弓の手が洋平の尻に伸び、腰をつかうようにせかしてくる。

こうしてほしいのだろうと、洋平は唇を合わせながら、腰を静かに動かした。

(ああ、これも初めてだ……)

女性にキスしつつ、ピストンするなんて、もちろんしたことはない。

(そうか……俺はこんな気持ちいいセックスを何年もしていなかったんだ。失敗した。だけど、今からでも遅くはない。そのブランクを取り返せばいいんだ)

キスをしながら、徐々にストロークを強くしていく。

ズンッ、ズンッと打ち込むと、キスしていられなくなったのか、眞弓が顔を離して、両手でぎゅっとしがみついてきた。

足を開いて、屹立を深いところに導きながら、

「あんっ、あんっ、あんっ……ぁああ、奥に当たってる。あなたのおチンポがお臍に届いているわ。ひさしぶりなの。本当にひさしぶりなの……ぁああ、もっと

ぎゅっとして。ぎゅっとしながら、思い切り突いて！」

眞弓が耳元でせがんできた。

洋平はそれに応えようと、覆いかぶさるようにして眞弓を抱き寄せて、徐々にストロークを激しくしていく。

肘を突いて体を支えながら、両足を伸ばして、ペニスに体重を乗せた一撃を叩き込む。

膝の内側をシーツに擦りつけるようにして屹立を打ち込んでいると、眞弓の様子がさしせまってきた。

「ぁあああ、イキそうなの……イクかもしれない」

「イッてください。俺も、何か、何か……」

「出そうなの？」

「はい」

「いいのよ。いっぱい、出して。あなたの精子が欲しい。いいのよ、ちょうだい。いっぱい、ちょうだい！」

「行きますよ。行きますよ」

洋平は膝の内側を擦りつけるようにして、結合を深め、ぴったりと密着する形で、ストロークを徐々に強くしていく。

切っ先が奥のほうのふくらみを突き、亀頭冠が粘膜で擦れる快感が急激に押しあがってきた。

それを必死にこらえて、突いた。

「あんっ、あんっ、あんっ……ぁあああ、イクわ。イッちゃう……イッていい？」

眞弓がとろんとした目を向ける。

「もちろん……俺も、出ます」

洋平がたてつづけに押し込んだとき、

「あっ、あっ、あっ……ぁああ、来るわ、来る……イク、イク、イッちゃう……！」

眞弓がさらにぎゅっとしがみついてきた。背中にまわされた手指が、皮膚に食い込んでくる。

膣の激しい締めつけを感じながら、さらに、ぐいと奥へと押し込んだとき、

「……イクぅぅぅぅぅ……！」

眞弓は嬌声を噴きあげて、のけぞり返った。

さっきまで背中を抱いていた手を開いて、シーツを鷲づかみにし、がくん、がくんと躍りあがった。

(ああ、俺は眞弓さんをイカせた！)

歓喜のなかでもうひと突きしたとき、洋平もしぶかせていた。

二度目のせいか、量はあまり出ない。それでも、放っているときの快感は大きい。

打ち尽くして、すぐ隣にごろんと横になった。

すると、眞弓が横臥して、胸板に顔を乗せるようにして、言った。

「すごく良かったわ。また、来ていい？」

「もちろんです。来てほしいです」

嬉々として答えると、眞弓は安心したような顔をして、枕元のティッシュを抜き取り、それを股間に押し当てた。

精液を拭き取ると、

「もう行くわね。本当はここに一晩中いたいんだけど、娘がいるから。じゃあ、また来るわね」

眞弓はゆっくりと立ちあがり、長襦袢をつけはじめた。

第二章　チーフディレクターの美脚

1

翌日の昼休み、洋平はS温泉旅館本館にある土産物店で、昼食を買っていた。

昼食はだいたいこの地方限定発売の特製カップ麺と決めている。

朝、夕と豪華な食事が出るから、昼は軽食で充分だった。

カップラーメンならまとめ買いしておけばいい。それなのに、毎日のようにこの店に来てひとつずつ購入するのは、この売店の店員である石原優子(いしはらゆうこ)に逢いたかったからだ。

今も、優子はやさしくてキュートな笑みを浮かべて、客に対応している。

つやつやのボブヘアで、いつもにこにこして愛想がいい。

洋平は初めてこの売店に来たときから、このチャーミングな店員に心動かされ、他に客がいないときに、思い切って話しかけてみた。

すると、優子は気さくに自分のことを語ってくれた。

石原優子は洋平と同じ、二十三歳。地元の高校を卒業して、いったんこの地を離れて、長野市で会社勤めをしていた。二年前にその会社を辞めて、この旅館内の売店で働いているのだと言う。

優子も東京の会社が移転してきたことに興味を惹かれているようで、洋平と話すときは生き生きとしているように見える。本人も東京に憧れを抱いていて、上京したくてしょうがないらしい。

ちなみに、『ノア』の男性社員のなかでも、優子のことはよく話に出る。

『あの子、かわいいよな』

『お前もそう思うか？　かわいいよな。あのぷにぷにした唇にキスしたら、たまんねえだろうな』

『処女だと思うか？』

『ううん、微妙だな。もう二十三歳なんだろ。ひとりくらいは知ってるんじゃないか？』

『いや、俺はまだ処女だと思うぞ』

などと、先輩たちは石原優子の話題で盛りあがる。

しかし、彼女の生い立ちまでは知らないようで、その点、洋平は自分が若干リードしていると感じている。

今日も、地元だけでしか発売されていない特製カップ麺をひとつと、スナック菓子をレジに持っていく。

「工藤さん、いつもありがとうございます……四百五十三円になります」

優子がはきはき言って、にっこりする。

洋平は五百円硬貨を一枚出して、そのおつりを用意する優子の愛らしい顔を鑑賞する。

大きな目、長くてカールした睫毛、ほどよく高い鼻梁とふっくらとして、いつも濡れているような赤い唇……。

同じ歳でもあるし、こんな女性とつきあえたら、と願わずにはいられない。

(今度、デートに誘ったら、乗ってくるんだろうか？)

しかし、そもそも女性とデートした経験がほとんどないから、どう誘ったらいいのかわからない。

「じゃあ、また明日、来ます」

洋平はいつもの言葉を口にし、袋に入ったカップ麺とスナック菓子を受け取って、別館に向かう。

　会社はかつて別館のレストランだった広い部屋を、オフィスに使っていた。その隣の洋間が休憩所になっていて、洋平はその小さな丸テーブルのひとつの上にカップ麺を置き、いつも用意してある給湯ポットからお湯を注ぐ。

　昼食はそれぞれが自分のスケジュールに合わせて、好きな時間に食べる。

　ほとんどの社員が、旅館から歩いてすぐのところにある食堂で昼食を摂るから、今、この休憩室にいるのは洋平だけだ。

　三分待つ間、洋平の頭は二つのことで占められていた。

　ひとつは、昨夜の未亡人仲居・八代眞弓とのセックスのことだ。まさか、あんなふうに簡単に女性を抱けるなんて、サプライズに等しかった。

　今も、下腹部が何となくむずむずしていて、ついつい、昨夜のことを思い出してしまう。眞弓はまた、来たいと言っていたから、そのうちにもう一度夜這いをかけてくれるかもしれない。

　いくら未亡人だとはいえ、どこか上手くいきすぎているような気がする。きっと何か理由があるのだろう。だが、洋平にしてみれば、そんな事情などどうでもいい。セックスできればいいのだ。

もうひとつは、今逢った店員の石原優子のことだ。

昨夜のセックスで、気持ちは眞弓に向かっていた。それなのに、優子と逢うと、心がうきうきうきうしてしまう。

（やはり、俺は優子ちゃんのことが好きなんだろうな）

などと考えているうちに三分が過ぎて、洋平はカップ麺の蓋を取って、麺をすする。

（やっぱり、いつ食べても、この特製カップ麺は美味しいな……）

ずるずるっと麺をすすっていると、ドアが開いて、すらりとした体型の女性が入ってきた。

きりっとした美人で、ブラウスにジャケットをはおり、サイドに深いスリットの入ったタイトスカートを穿いている。

神崎日菜子はうちのＷＥＢディレクターであり、洋平をここまで育ててくれた師匠でもある。

日菜子が視界に入っただけで、洋平は緊張してしまう。

麺を途中まですすった状態でストップモーションしていると、

「何、止まってるのよ。いいから、食事をつづけなさい」

そう言って、日菜子は丸テーブルのほぼ正面の椅子に腰をおろして、足を組んだ。左足を上に組んだので、小さな丸テーブルの向こうに、スリットから長い太腿がかなり際どいところまでのぞいて、洋平はドキッとしてしまう。

一瞬、落ちた視線を必死にあげていく。

お洒落なジャケットをブラウスに包まれた大きな胸のふくらみが持ちあげている。かるくウエーブした髪形の優美な顔が、やけに険しい。

「食事をつづけながら、聞いて……洋平、昨夜、部屋で何してたの？　きみの部屋から、いやらしい女の喘ぎ声が聞こえていたって、タレコミがあったんだけど……どういうことかしら？」

日菜子がウエーブヘアをかきあげて、アーモンド形の目で見据えてくる。

洋平はドキッとして、一瞬言葉を失った。

(タレコミがあったって、いったい誰が……それにしても、運が悪い。いや、そういうことじゃなくて、この場合は……)

洋平は少し考えてから、それを否定した。

「……そ、それは、たぶん、聞き間違いだと思います」

自分だけならいいのだか、相手、つまり、仲居の矢代眞弓が関係することだから、そう簡単に事実を認めることはできない。

「……ウソをついたわね？　きみのことは何だってわかるのよ」

日菜子が腕を組んで、足を組み換えた。すらりと長い美脚がゆっくりと交差したとき、スリットからのぞく太腿がほぼ付け根まで見えて、ついつい視線が向かってしまう。

エロチックな気持ちを抑えて、なおも否定した。

「……いえ、ウ、ウソじゃありません」

すると、日菜子が意外なことを言った。

「じつは、きみだけじゃないのよ……うちの男性社員がみんな浮ついているの。何人かの社員の部屋から女の喘ぎ声が聞こえてきたっていう証言があるのよね。今、何が起こっているか、知りたいの。だから、本当のことを教えて」

日菜子がまっすぐに見つめてくる。

もともと目力が強いから、にらまれると、射すくめられてしまう。

洋平は怯(おび)えつつも、頭が混乱してきた。

自分だけではなくて、先輩たちの部屋からも女性の喘ぎ声が洩れていたと言う。

ということはつまり、自分と同じように仲居さんたちが夜這いをかけたのだろうか？

　だとしたら、先輩が言っていたように、ここの多くの仲居さんはエッチなんだろうか？　未亡人が多いみたいだから、欲求不満で、そこに若い男たちがやってきたから、ここぞとばかりに欲望を満たしているのだろうか？

　そのへんの事実は知りたい。

（しかし、事実を話したら、眞弓さんともうセックスできなくなってしまうかもしれない。だけど、このままウソをつきつづけるなんて、俺には無理だ……ああ、どうしよう！）

　洋平が進退窮まったとき、ドアが開いて、樺沢先輩が姿を現した。

　手にカップ麺を持っている。ここに、カップウドンを食べに来たのだろう。

　樺沢は二人の様子を見て、ただならぬものを感じたのか、

「あっ、お邪魔でしたか？　いいですかね？」

　不安げに訊いてくる。

「……いいわよ、どうぞ」

　日菜子が感情を抑えて、言った。

「すみませんね」

樺沢はカップ麺の蓋を半分開けて、ポットのお湯を注いでいる。

注ぎ終えて、少し離れた丸テーブルにカップ麺を置き、椅子に座った。

それを見て、日菜子もここではこれ以上は訊けないと感じたのだろう、

「じゃあ、残りは仕事のあとで訊くから……それから、三十分後にM旅館に打ち合わせに行くから、準備しておいて」

「えっ、M旅館ですか？」

洋平はびっくりして確認する。なぜ、M旅館に自分も一緒に行かなければいけないのだろうか？

「ついさっき、うちがあそこのWEBサイトをリニューアルすることが決まったの。リニューアルなら、きみだってできるでしょ？　じゃあ、三十分後に」

日菜子は立ちあがり、ハイヒールの音を立てて、部屋を出ていく。

危機一髪のところだった。もう少し時間があったら、自分は絶対にあの件をしゃべっていた。

洋平は樺沢先輩に感謝しつつ、

（M旅館のWEBサイトのリニューアルか……チーフが俺を選んでくれたんだから、頑張らないとな）

残りのカップ麺をすすっていると、樺沢が訊いてきた。

「さっき、俺が来たとき、何の話をしてたんだ？　チーフ、険しい顔してたけど」

そうだ。この際、先輩にも確かめてみよう。

「あの……樺沢さん、もしかして旅館の仲居と……あの、その、アレしました？」

「アレって？」

「アレのことです」

「セックスのことか？　だったら、したぞ。向こうから来てくれたからな……おい、ひょっとして、チーフ、そのことに気づいていて、お前に事情聴取していたのか？」

「ええ、まあ……」

「で、まさかお前も仲居さんと、したのか？」

「ええ、まあ……」

「くそっ、何でお前ごときができるんだよ？」

「すみません」

「まあ、いい……まさか、認めたんじゃないだろうな？」

「はい……認めてません。でも、危ないところでした。先輩が来てくれなかったら、きっとしゃべってました」

「おいおい、勘弁してくれよ。いいか、仲居さんとのことは絶対にしゃべるな。このネタをチーフにつかまれたら、仲居さんとはできなくなるからな。男女の風紀の乱れには異常に厳しい人だからな。わかったな」

「はい……」

「絶対にしゃべるなよ」

「はい！」

「信用してるからな」

樺沢がまたウドンをすすりはじめたので、洋平も急いで、残りのカップ麺をかきこんだ。

2

その日の午後、洋平は日菜子とともにM旅館に出かけた。

この温泉郷には五つの温泉宿があるが、そのうちのひとつがM旅館だった。

洋平たちが宿舎兼オフィスにその別館を使っているS温泉旅館と較べると、部屋数は少ないが、高級感がある。したがって、訪れる客も金持ちが多い。

和風の落ち着いた感じの、木をふんだんに使った木造旅館で、確かにS温泉旅館とは違って、すべてが贅沢な造りだった。

現在、女将は経営からほとんど手を引いていて、竹内美保（たけうちみほ）という三十四歳の若女将が旅館を切り盛りしているらしい。

事務室に通された二人が待っていると、その若女将がやってきた。

（き、きれいだ……！）

席から立ちあがって迎えながら、洋平はその優美で品のいい美貌に見とれてしまった。

落ち着いた小紋に金糸の入った帯を締めている。

結われた黒髪がよく似合う、小顔だがとても上品な容姿をしている。

三人は挨拶をして、名刺の交換をした。

名刺のなかの『若女将　竹内美保』という文字が実物を知ったせいか、神々（こうごう）しく映る。

正面の椅子に着席した美保が話を切り出した。

「すみません、突然こんな依頼をさせていただいて……じつは、御社の管理なさっているS温泉旅館のWEBサイトを拝見しまして、デザインや機能性、写真の選び方なども大変素晴らしいと感じました。うちもこのコロナのせいもあって、客足が落ちております。それで広報の担当者とも相談したところ、御社にうちのWEBサイトを新しく作っていただけないかと思いまして、それで失礼かとは存じておりますが、このような……」

美保が丁寧に事情を話した。

（ああ、話し方も上品だし、声もいいな。表情もたまらない……）

洋平は静かな語り口に聞き惚れ、その優美な容姿に見とれた。

竹内美保は三十二歳という年上で、しかも、高級旅館を実質的に切り盛りしている。自分とはあまりにもかけ離れすぎている。だが、一目惚れするときはする。

自分の気持ちはコントロールできない。

隣の席の日菜子チーフがそれに答えた。

「ありがとうございます。喜んでやらせていただきます……ご存じのように、うちは今、ここにコロナ移転しておりますので、打ち合わせも容易ですし、この旅館の特徴も把握しております。ぜひ、やらせてください」

チーフが頭をさげた。それから、

「工藤洋平と言います。ディレクターはわたしがやらせていただきますが、WEBサイトのデザインは彼をと考えています。まだ若いですが、うちのホープです。まだ未熟なところはありますが、センスは抜群ですので、ご安心ください」

洋平を紹介してくれる。

「いいものを作りますので、よろしくお願いいたします」

洋平は深々と頭をさげる。

「こちらこそ、よろしくお願いします。コンピューターに関しては素人なので、トンチンカンなことを言ってしまうかもしれませんが、そのへんはご容赦ください」

美保が頭をさげたので、結われた黒髪からのぞくうなじが見えて、ドキッとする。数本の柔らかそうな後れ毛がふわっと映えていて、衿首(えりくび)からのぞくうなじがまた色っぽい。

その日は、若女将のイメージを聞き、写真撮影のためもあって、旅館を案内してもらった。やはり、すべてに高級感があって、細かいところの掃除なども行き届いている。

最後に、洋平はこうきっぱり言った。

「生意気言うようですが、いい旅館ですね。ますますやる気が湧いてきました。

しっかり、やります。この旅館のいいところがみんなに伝わるようなＷＥＢサイトを作らせていただきます」

「ありがとうございます。期待しております。よろしくお願いします」

美保がまた深々と頭をさげたので、洋平はこの人のために絶対にいい仕事をしようと固く心に誓った。

だいたいのスケジュールを決めて、二人は旅館を出る。

日菜子が車の運転しながら、言った。

「若女将、惚れ惚れするようないい女ね。頭をさげるときはさげるし、全然奢ってる感じがない。男が助けたくなる女よね。洋平もそう思ったでしょ？」

「ええ、はい、まあ……」

洋平は頭を掻く。

「図星みたいね。でも、知ってた？　あの若女将も未亡人なの。ご主人を亡くしているのよ」

日菜子の言葉に、エッと思った。

昨夜、洋平のもとに夜這いにきた矢代眞弓も夫を亡くしていた。

それにしても、この村には未亡人が多すぎないか。『この村、やけに未亡人が多いんだよな』という先輩の言葉が脳裏をよぎる。

「知りませんでした。じゃあ、若女将はご主人に頼らず、ひとりで？」

「そうみたいね。まあ、女ひとりでは難しいでしょうから、精神的なバックボーンに誰か男がいるんでしょうけど……いずれにしろ、この村、寡婦が多いでしょ？」

「はい、そう思います」

「それで、気になって、調べてみたのよ。そうしたらね……じつはこの村は五年前に土石流に見舞われて、たくさんの男の人が亡くなっているのよ」

「そ、そうなんですか？」

「ええ……五年前に豪雨にあって、村の主要な男の人が集会所に集まって、対策を練っていたらしいの。そうしたら、突然、山のほうの土砂が崩れて、それが一気に流れてきたらしいのよ。その進路に運悪く、集会所があって、それで、あっと言う間に土石流に押しつぶされて流されて、そこにいた男性は全員が亡くなったのよ」

「……………！」

洋平は言葉を失った。あまりにも悲惨すぎる。

「これまで土砂崩れや、土石流にはあったことがない村だったから、油断していたのね。それで、不審に思って調べたら、ある業者が違法に盛り土をしていたらしいの。その大量の土が集中豪雨で崩れて、一気に土石流となって、集会所を押しつぶした。不幸中の幸いで、他には大した被害はなかったらしいんだけど。でも、運が悪かったのは、そこに村の働き盛りの男性が集まっていたことよね。だから、この村は働き盛りの男を失って、女やもめが多いの」

もう十日ほどここにいるのに、村の人たちは一切そのことには触れない。

きっと、あまりにも悲惨すぎて、そこには触れたくないのだろう。

（そうか……土石流で夫を亡くした寡婦たちが、この村にテレワークしてきた会社の若い男たちを狙っているわけか。そういうことだったんだ）

矢代眞弓もそのうちのひとりなのだろう。

洋平は眞弓が夜這いをかけてきたわけを理解した。こういうのを腑に落ちたと言うのだろう。

「夕食を摂ってお風呂につかってからでいいから、わたしの部屋に来てもらえる？さっきのつづきを聞きたいの。いいわよね？」

眞弓がいよいよ詰めにかかった。

「……わかりました」

ノーとはいえない。それに、今の災害のことを聞いて、気持ちが動揺していた。

やがて、車が旅館に到着し、洋平は車を降りて、そのまま夕食の会場に向かった。

3

夕食を終えて、温泉につかった洋平は、少し休んでから、浴衣(ゆかた)姿で日菜子チーフの部屋に向かった。

さっきは村の過去の災害のことを聞いて、大いに動揺し、納得もし、眞弓との件を話してもいいかなと思った。

しかし、冷静になると、樺沢先輩の『チーフには絶対にしゃべるなよ』という強い言葉がよみがえってきた。

(やはり、言ってはダメだ。俺だけの問題じゃないんだ)

そう自分を叱咤(しった)して、チーフの部屋をノックする。

すぐに、洋服姿の日菜子がドアを開けて、洋平を迎え入れた。ひそかに浴衣姿を期待していたのだが……。

「失礼します」

残念な気持ちを押し隠して、部屋に入っていく。

洋平たちより広めの和室に、広縁がついて、そこには小さなテーブルを挟んで籐椅子が向かい合って置いてある。

畳にはすでに一組の布団が敷いてあって、「えっ?」と思った。

普通の客ではないから、自分たちで布団の上げ下げをする。ということは、日菜子が自分で布団を敷いたことになる。

(もしかして……いや、まさか、チーフに限ってそれはないだろう)

日菜子が言った。

「そこに座ってて……ビール呑むでしょ?」

「ああ、はい……」

日菜子は冷蔵庫から缶ビールを二つ出して、そのうちのひとつを広縁の小さなテーブルの上に置き、自分も反対の籐椅子に腰をおろした。

まだ、温泉にはつかっていないのだろうか、仕事のときに着ていたクリーム色のブラウスに濃紺のスリットの入ったタイトスカートを穿いている。

「カンパイしようか……」

「はい……」

洋平はプルトップを開ける。

「カンパイ！」

日菜子の音頭で、カツンと缶ビールを合わせて、口をつけた。

ごくっ、ごくっと呑む。よく冷えたビールが喉を通り、内臓に落ちていき、生き返ったような幸せな気分になる。

日菜子もまるで男のようにこくっ、こくっと小気味よくビールを嚥下する。そのあらわになった喉とその動きがセクシーだ。

「ああ、美味い！」

日菜子は缶ビールをいったんテーブルに置いて、足を組んだ。

またさっきのように左足を上に膝を組んだので、すらりとした美脚のなかでもむっちりとした素肌の太腿が際どいところまであらわになった。

深いスリットからのぞく大理石の円柱みたいな太腿のすべすべした光沢や、急激に太くなっていくその充実した曲線――。

素足なので、足が丸見えになっていて、その爪には赤いペディキュアがしてあった。

(チーフ、ペディキュアしているのか？)

普段はストッキングを穿いているし、ヒールを履いているから、見えない。その見えない部分にお洒落をしている日菜子に、意外性を感じて、ちょっと昂奮した。

「昨夜のことだけど……事実を話して。大丈夫よ、この件できみを責めることはしない。わたしはただ、現状を知りたいだけなの。約束するわ。だから、話して……」

日菜子がじっと見つめてくる。

言葉はやさしいが、表情は厳しい。その刺すような視線を受けて、洋平は身震いする。話したい。しかし、先輩にはこの件は絶対に話すなと口止めされている。とっさに話を捏造した。

「……今、思い出したんですけど、あのとき、俺、AV見てたんです。それで、きっとその女優の喘ぎ声が外に洩れたんだと思います」

「AVねえ……どんな内容の？　何モノだった？」

日菜子が言いながら、組んでいた足の爪先をぐりんぐりんとまわしはじめた。

赤いペディキュアの美しい足指が躍り、ついつい視線がそこに吸い寄せられる。すると、今度は上下に動く。しかも、爪先はまっすぐに洋平の股間に向けられている。

（ああ、この動きは……！）

まるで、足指で股間をマッサージされているようで、洋平はあそこがむずむずしてきた。その動揺が響いて、思わず事実に近いことを語っていた。

「み、未亡人モノです」

「へえ……で、その寡婦は何をしているの？」

洋平はとっさに思いつかなくて、一瞬口ごもった。

「ひょっとして、仲居さんじゃないの？」

日菜子が畳みかけてきた。

「あっ、いえ……」

「温泉宿の未亡人仲居さんが、寂しさに耐えかねて、お客さまといい仲になってしまったとか？　違う」

「それは……違います」

「じゃあ、どんな内容？」

問いかけながら、日菜子が組んでいた足を解いた。

すらりとした美脚の膝が少しずつひろがっていって、内側の太腿が徐々に見えてきた。どんどんひろがっていき、直角ほどに開き、パタッと閉じられる。

そこから、また少しずつ焦らすようにひろがっていく。

「その男はどんなふうに誘惑されたの？　こんな感じだった？」

そう言って、日菜子が片足を籐椅子の座面にあげて、外側に開いた。

（ああ、ノーパンだ！）

スカートがすりあがって、スカートの奥が見えた。

急激に太くなっていく太腿が窄（すぼ）まっていくその奥に、漆黒の翳りが流れ込む女の谷間がはっきりと見える。

その瞬間、イチモツが一気に力を漲らせて、浴衣の前を突きあげる。

「こんな感じだった？」

「……違います」

「じゃあ、どんなふうだった？」

日菜子がいきなり席を立って、向かってきた。センターのテーブルを押しやって、洋平の前にしゃがむ。

ブラウスの前ボタンを上から二つ外したので、襟元がひろがって、紺色のブラジャーで押しあげられたグレープフルーツみたいな乳房の丸みがあらわになった。

「どんなふうに誘惑されたの？　大丈夫よ。わたしはビデオの内容を訊いているんだから」

日菜子が見あげてくる。

「……た、確か……若い男が貸切り風呂に入っていたら、その仲居さんが突然やってきて、その、お背中を流しますって……でも、その仲居さんは背中を流しながら、男の股間を……」

「こんなふうに？」

日菜子が、洋平の浴衣の前をはだけて、ブリーフをおろした。すごい勢いでいきりっているものを握って、ゆったりとしごきだした。

「こんなふうにされていた？」

「はい……ぁああ、くっ……！」

「どうしたの？」

「すみません……ああ、くっ……！」

日菜子が手しごきのピッチをあげたので、洋平はうねりあがる快感に呻いた。

「その仲居さんの名前は？」

「……知りません」

「そう、言わないつもりね……」

次の瞬間、日菜子が口を寄せてきた。

亀頭部に唇をかぶせて、なかで舌をからませてくる。

「ああ、ちょっと！」

日菜子はちらりと見あげて微笑み、激しく顔を打ち振った。

唇をすべらせながら、根元を握った指で激しくしごいてくる。指と口のスライドのピッチがばっちり合って、えも言われぬ快感がうねりあがってきた。

どんどん気持ち良くなって、もう少しで射精というところで、日菜子はちゅるっと吐き出して、

「その仲居の名前を言いなさい？　誰なの？」

詰問してくる。

「……い、言えません」

「意外としぶといのね」

日菜子が今度は指だけでしごいてきた。

とろっと上から唾液を落とし、それを亀頭部になすりつける。それから、若干余っている包皮を亀頭冠にぶつけるようにしごきあげてくる。

「ぁああ、くっ……ダメです！」

「ふふっ、気持ちいいでしょ？　イキたい？　出したい？」

「ああ、はい……出させてください」

もう少しで射精というところで、日菜子が指を止めた。

「ぁああ、つづけてください！」

「ダアメ……相手は誰なの？　教えてくれたら、出させてあげる」

「……言えません！」

「しぶといわね。来なさい」

日菜子は洋平の腕をつかんで、畳に敷いてある布団に洋平を立たせた。

4

それから、洋平が着ている浴衣の腰紐を解いて、抜き取り、浴衣を脱がせて、素っ裸に剝く。日菜子が言った。

「両手を前に出しなさい」

「えっ……」

「えっ、じゃないの！　いいから、言うことを聞いて！」

洋平がおずおずと手を前に差し出すと、日菜子は両手首を合わせる形にして、そこに腰紐をぐるぐると巻き、最後にぎゅっと結んだ。

（なんて人だ。俺が口を割らないから、縛って罰を与えようとしているんだな！）

日菜子は前に立って、ブラウスのボタンを外して脱ぎ、スカートもおろした。残っていたブラジャーも外して、一糸まとわぬ姿になった。

（すごい！　完璧なプロポーションだ！）

すらりとして手足が長い。

無駄肉はついていないのに、たわわで形のいい乳房が自己主張している。尻はパンと張って、すらりとした美脚がつづいている。

日菜子は洋平を仰向けに寝かせると、下半身にまたがってきた。

「洋平が白状しないから、いけないのよ。わたしはしたくてするわけじゃないの。勘違いしないでよ」

言い訳をするように言って、日菜子はゆっくりと腰を落とし、蹲踞（そんきょ）の姿勢になった。

ギンギンになっている肉柱をつかんで、長方形のよく手入れされた翳りの底に擦りつける。ぬるっ、ぬるっとすべって、

（ああ、すごく濡れてる！）

洋平はその濡れ具合に驚いた。

（そうか……チーフは離婚してから、男の影が全然ないものな。こんな美人で仕事もできるのに……きっと肉体が満たされていなかったんだろうな。それで、俺を白状させることを口実に、セックスしたいんだ！）

洋平は勝手にそう解釈することにした。

そうでなければ、この大量の濡れ具合は説明がつかない。

日菜子はいきりたちを押し当てて、慎重に沈み込んできた。

勃起がとても窮屈な細道を押し広げていく感触があって、

「んあっ……！」

日菜子が低く呻いた。

（ああ、すごい！　ぎゅんぎゅん締まってくる！）

洋平はくっと奥歯を食いしばる。

「両手を頭の上にあげなさい。そう……そのまま、腋の下をさらしたままでいるのよ。いいわね」

そう命じて、日菜子が後ろに両手を突き、足をM字に開いた。

（こ、これは……！）

丸見えだった。

細長い翳りの底に、自分のおチンチンが嵌まり込んでいる。しかも、そのまま少し視線をあげていくと、そこには自分をデザイナーとして育ててくれた神崎日菜子の美貌がある。

一瞬、これは夢ではないかと思った。

仕事面では厳しかったが、その美貌と抜群のスタイルもあって、オナニーするときにオカズに使わさせてもらったこともある。そのチーフのオマ×コに、今、自分のおチンチンが突き刺さっているのだ。

日菜子が動きはじめた。

まるで見ていいわよ、とばかりに美脚を大きくM字に開き、腰を前後に揺すった。

そうしながら、洋平を観察するみたいにアーモンド形の目で、じっとこちらを見ている。柔らかくウエーブした黒髪、凛(りん)とした顔、形のいい乳房とくびれたウエスト――。

腰をつかうたびに、自分のイチモツが膣口に押し入ったり、出てきたりする。

(すごい、すごすぎる!)

しかも、イチモツがとても窮屈な肉路に揉み込まれ、締めつけられて、ひと擦りごとに快感が込みあげてくる。

「気持ちいい？」

日菜子が見据えてきた。

「はい……すごく」

「誰と寝たの？　教えなさい」

「……いえ、それは教えられません」

洋平はそう答える。

意地になっていた。それ以上に、今、教えたら、きっと日菜子はこれ以上セックスをつづけてくれなくなるのではないか、という思いがあった。

「ほんと、思ったより意志が強いのね。そんなに、その仲居さんを守りたいの？　でも、そういう男、嫌いじゃないわよ。もっと懲らしめてあげる」

そう言って、日菜子は前に屈んだ。

胸板をツーッと舐めあげ、洋平の耳にフーッと息を吹きかけて、ねちゃねちゃと舐めた。

それから、洋平の腕をぐっと上から押さえつけながら、腋の下にフーッと息を吹きかけてくる。

「ぁあぁっ……くすぐったいです！」

思わず言うと、日菜子は腋窩にキスを浴びせた。それから、舐めてきた。

ツーッ、ツーッと腋毛の上から舌を走らせ、そのまま、二の腕へと舐めあげてくる。

くすぐったい。両腕が手首のところでくくられていて、動かない。もどかしい。

だが、それ以上にゾクゾクッとした快感が走る。

それに、日菜子が舐めあげ、舐めおろすのと同時に腰も動くので、おチンチンがよく締まる膣で揉み抜かれる。

もちろん、腋の下と下腹部の二箇所攻めなんて、初体験だ。

日菜子は腋の下から顔をあげると、今度は乳首を舐めてきた。

片方の乳首をちろちろっと細かく舌で刺激しながら、もう一方の乳首を指でいじってくる。

（ああ、これは……！）

自分が女の子になったような気がする。

「ふふっ、いやらしいおチンポね。今、乳首を舐めたら、おチンポがびくっと頭を振ったわよ」

日菜子が唇を乳首に接したまま言う。

「す、すみません」

「謝らなくていいのよ。きみは仲居と寝た。そうよね？　認めなさい！」

乳首の周囲にガジッと歯を立てられて、

「ああ、はい……寝ました！」

苦痛に耐えきれずに、認めてしまっていた。

「でも、それだと具体性に欠けるのよ。誰と寝たか、教えなさい」

そう言って、日菜子はまた乳首を噛んだ。

「くぅぅぅ……！」

激痛が走った。しかし、名前だけは出せない。矢代眞弓に迷惑はかけられない。

「ほんと、しぶといわね。いいわ。懲らしめてあげる」

口許に笑みを浮かべて、日菜子がすらりとした足をM字に開いた。そして、洋平の胸板に両手を突いて、腰の上げ下げをはじめる。

最初はゆっくりだった腰の動きが徐々に強く、大きくなっていき、尻と下腹部が当たる、ぴたん、ぴたんという音がして、

「ぁああ、くぅぅぅ……！」

洋平は放ちそうになり、ぐっと奥歯を食いしばって暴発をこらえる。

「気持ちいい？」

「はい……くぅぅぅ」

「もっと、気持ち良くしてあげる。いいのよ、出していいのよ」

そう言って、日菜子はますます激しく尻をぶち当ててくる。そのたびに、ギンギンになったものが膣深く嵌まり込み、

「んっ……んっ……」

日菜子の口から声が洩れはじめた。

（ええい、こうなったら自爆覚悟で突きあげてやる！）

洋平は腰が落ちてくる瞬間を見計らって、ぐんと下から突きあげた。

すると、落ちてくる子宮と持ちあげられた亀頭部がジャストミートして、

「うあっ……！」

日菜子の口から喘ぎが洩れた。

すぐに、日菜子がまた腰を浮かせて、頂点から振りおろしてくる。そのタイミングで突きあげると、さっきより強い衝突感があって、

「ぁあああ……！」

日菜子は悲鳴に近い声を放って、のけぞりながら、がくがくっと震えた。

さらに自分で大きく腰を振りあげて、落とし、そこで、腰を大きくグラインドさせて、

「ぁああ、いい……きみの硬いわ。カチンカチンのチンコが掻きまわしてくる。ぁああ……ねえ、突きあげて。もっと突きあげて！」

日菜子はあからさまにピストンをせがんできた。

洋平は射精しそうになるのを必死にこらえて、下からつづけざまに突きあげてやる。

蹲踞の姿勢で腰を浮かした日菜子は、下から肉棹を突き立てられて、

「あっ、あんっ、あんっ……」

喘ぎをスタッカートさせて、がくん、がくんと震えた。

「ダメ……上ではイケないわ。下にして……」

そう言って、日菜子は自ら結合を外し、布団に四つん這いになった。

「これなら、手を縛られていても、後ろから突けるでしょ？」

「ああ、はい」

「いいのよ。突いて……思い切り、突いて」

日菜子がぐいと尻を後ろに突き出してきた。

(どうなっているんだ？　俺に白状させるためにしてたんじゃないのか？)

洋平は疑問に思ったが、チーフが自分から求めてくれているのだから、男としてその期待に応えたい。

洋平はひとつにくくられた手で、勃起を導き、尻たぶの底に押し当てた。

あてがっておいて、じっくりと腰を進めていくと、とても窮屈な入口を突破したおチンチンがぬるぬるっとすべり込んでいって、

「ぁああうぅ……！」

日菜子が顔を撥ねあげる。

そのしなった背中がセクシーだ。

洋平はひとつにくくられた手を日菜子の尻の上に置いて、膝立ちでぐいぐいと屹立をめりこませていく。

「あんっ、あんっ、あんっ……ぁああ、よかった。わたし、まだちゃんと感じるのね。しばらくご無沙汰だったから、ちょっと不安だったの。きみはその試験台としてちょうどよかったってわけ。もちろん、仲居の名前は白状させるわよ」

日菜子が言ったので、洋平も納得できた。

同時に、それなら日菜子をイカせたい。イッてもらいたい、という気持ちが強くなった。

徐々にストロークのピッチをあげて、深いところへと送り込んだ。

「あんっ、あんっ、あんっ……ぁああ、物足りない……わたしの腕をつかんで、ぐっと引っ張ってちょうだい」

日菜子が右手を後ろに差し出してきた。

(確か、こういう場合はこれでよかったんだよな)

洋平はひとつにくくられた両手で右腕をがっちりとつかんだ。両手を縛られているので、すごくやりにくい。しかし、できないことはない。

肘のあたりをつかんでなるべく引き寄せながら、激しく腰を叩きつけた。

「あん、あんっ、あんっ……ぁあああ、へんよ、へん……何か、何か……イキそうなんだけど……」

「俺も、俺も……」

「いいのよ……ちょうだい!」

洋平が止(とど)めとばかりに打ち据えたとき、

「イクぅ……!」

日菜子が上体を浮かして、大きくのけぞった。それから、がくん、がくんと躍りあがる。

膣の収縮を感じて、洋平もとっさに勃起を引き抜いた。直後に白濁液が飛び散って、背中にべっとりと付着した。

5

日菜子が身体を起こして、洋平の腕の紐を解いてくれた。

洋平は背中の白濁液をきれいに拭きながら、言った。

「いいんですか？」

「ええ……今度は前から抱いてほしいから」

「仲居さんの名前はいいんですか？」

「……矢代眞弓でしょ？　だいたいわかっていたの。そうでしょ？」

「えっ……ああ、まあ……」

「やっぱり、当たりか……そうだと思っていたわ。そこに寝て」

仰向けに寝転んだ洋平の股間に、日菜子が顔を寄せてきた。

「すごいわね。あんなに出したのに、まだこんなにギンギン……若いってすごいわ。もっとカチカチにしてあげるわね」

そう言って、屹立を舐めてきた。

白濁液と愛蜜の混ざったものをきれいに舐め清めて、頬張ってくる。

(そうか、だいたい見当はついていたのか……それなら、俺をセックスに誘う必要はなかったのに……やっぱり日菜子さんも満たされていなかったんだな……今、この村にいる女性はそのほとんどが欲求不満を抱えて、寂しさを感じているんじゃないのか？)

そう思っている間にも、ジュルルル、ジュルッと唾音を立てて、チーフが部下のおチンチンを美味しそうにおしゃぶりしている。

分身に芯が通ってくると、日菜子は布団に仰向けになって、

「ちょうだい。きみが寝た子を起こしたんだから、きみが責任を取って……寝かさないから」

アーモンド形の目を向け、膝を開いて、洋平を誘う。

「あの、俺がしゃべったって、明かさないでくださいね」

「わかってる。大事な情報提供者を悪いようにはしないわ。大丈夫。そこはわたし

を信じて……その代わり、わたしをとことん満足させて。できる？」

「はい……やってみます」

「いい子ね……来て。まずは、ここを舐めて」

日菜子が両膝を開いて、誘ってくる。

（ええい、もう、こうなったら、とことんチーフと……！）

洋平は妖しく開いた日菜子の肉の花に顔を寄せた。何だか、磯の香りがするそこをぬるっと舐めると、

「うんっ……！」

日菜子はびくっとした。そのまま、狭間に舌を這わせる。

すでにとろとろになった粘膜をぬるっ、ぬるっと舐めると、見る見る蘭の花がひろがって、

「ぁああ、ねえ、入口をじかに舐めて……入口の位置はわかるわよね」

日菜子が求めてきた。

「はい……」

洋平は膣のあたりに舌を這わせる。

すると、日菜子が自分の指で陰唇をぐっとひろげたので、膣口も開いて、赤い粘

膜がぬっと現れた。

「そこに舌を差し込んで。出し入れしてほしいの。できる？」

「ああ、はい……」

磯の香りが強くなった窪みに、尖らせた舌先を押し込んでみる。上手くできたかどうかはわからないが、

「ぁああ、そうよ、そう……上手よ。もっと出し入れして……そう、そうよ。ぁああ、たまらない」

日菜子は自分で淫花を開いて、もどかしそうに尻を揺する。

毒々しいほどに鮭紅色にぬめる粘膜がひくひくっとうごめいて、洋平を誘っている。

必死にそこに舌を突っ込んだり、引いたりしていると、濃厚な味がして、

「ぁああ、欲しい。ちょうだい。わたしのオマ×コに、きみのチンポをちょうだい。入れなさい！」

日菜子が命じてくる。

洋平ももう挿入したくてしょうがなかった。

顔をあげて、いきりたつものを押し込んでいく。先端がとろとろに蕩けた膣を押

し広げていって、

「あうぅぅ……！」

日菜子はクールな美貌をのけぞらせる。

まったりとした粘膜がからみついてきて、洋平はそれにせかされるように腰を動かしていた。

日菜子は依然として自分で膝をつかんで開いてくれている。

「俺が持ちますから」

洋平は膝の裏をつかんで、持ちあげる。そうやって、膝が胸につかんばかりに押しつけて、ぐいぐいと打ち込んでいく。

すごい格好だった。

あのクールビューティが大股開きさせられて、オマ×コに肉棹を打ち込まれて、ととのった顔をのけぞらせている。

昂奮して、ぐいぐい打ち据えると、

「あんっ、あんっ、あんっ……ぁあぁ、いい……いいのよぉ」

日菜子は眉根をひろげて、陶酔した面持ちで顔をのけぞらせる。

さっき射精したばかりで、今回は余裕がある。

チーフの身悶えをもっと見たくて、前に屈んだ。

左右の手で乳房を揉みしだく。柔らかな肉層に指が食い込み、自在に形を変える。そして、日菜子は乳首に指が触れるたびに、「あっ、あっ」とはかなげに喘いで、人差し指を噛むのだ。

(ああ、色っぽすぎる！　これが、チーフの夜の顔だったんだな)

日菜子はこっちに来てから、みんなの手前もあって、セックスを我慢してきたのだろう。元々バツイチで三十二歳の女盛り。きっと、我慢が限界に来ていたのだ。

(もっと気持ち良くさせたい！)

洋平は乳房の先にしゃぶりついた。

直線的な上の斜面を下側の充実したふくらみが持ちあげた形のいい乳房を揉みしだきながら、カチンカチンの乳首を舌であやした。

れろれろっと舌を打ち据えると、

「ぁあああ、それよ……いい……洋平、上手よ。とても上手……ぁあああ、ねえ、突いて。洋平のチンポでわたしを突いて……そのままよ、舐めたままで」

日菜子がせがんでくる。

(よし、やってやる！)

洋平は乳首を舐めながら、腰をつかった。

ぐいぐいと揉みしだき、舌をれろれろさせながら、いきりたちを打ち据えていく。

「あっ、あっ……ぁあああ、いい……いいのよぉ」

日菜子はM字に開いた足で、洋平の腰をとらえて、ぐいと自分のほうに引き寄せる。そうやってリズムをつけながら、自分でも腰を揺すって、濡れ溝を擦りつけてくる。

(ああ、何ていやらしいんだ。エッチすぎる！)

自分の師匠をよがらせているのだ。

昂奮で、ぶるぶると体が震えてしまう。

その気持ちをぶつけるように乳首を舐め、舌で弾き、吸う。そうしながら、ぐいぐいと亀頭部をめり込ませていく。

と、日菜子の気配が明らかに変わった。

「ぁああ、へんよ、へん……また、イキそう……何度もイッちゃう。さっきみたいに、足を開いて、押さえつけて。そのまま、ガン突きしてちょうだい」

洋平は上体を起こして、膝の裏をつかんだ。

ぐいと押しあげながら開かせる。

するとゝ日菜子が自分から顔を持ちあげて、結合部分に目をやって、

「ぁああ、恥ずかしい……わたしのあそこに、きみのチンポが入ってる。ズボズボ入ってる……ぁああ、いじめて。もっと、いじめて……ガン突きしてぇ」

日菜子が訴えてきた。

「ああ、日菜子チーフ。本当は、ずっとこうしたかったんです。チーフとしたかったんです」

思わず言うと、日菜子が答えた。

「今だけだからね。今回だけは特例だから。わかってるよね?」

「ああ、はい……すみません」

「その気持ちがあるなら、わたしをイカせて。イキたいの。何度でもイキたいの」

日菜子が下から、潤みきった瞳を向けてくる。

「はい……チーフ、イッてください」

洋平はスパートした。

最後の力を振り絞って、腰を叩きつける。

ギンギンの肉柱が激しく体内をうがち、下腹部と下腹部がぶつかって、

「あん、あん、あんっ……ぁああ、すごい! イクわ。わたし、またイクぅ……」

日菜子が後ろ手に枕をつかんだ。

「ぁあああ、日菜子さん……チーフ……そうら」

射精覚悟で打ち込んだとき、

「イク、イク、イクぅ……やぁあああああぁぁぁぁぁ！」

日菜子は部屋中に響きわたるような声をあげて、大きくのけぞり、がくっ、がくんと躍りあがった。

「ぁああ、締まってくる……うっ！」

洋平は呻いて、男液をしぶかせていた。

さっき放ったばかりだと言うのに、大量の精液がほとばしり、洋平はその快楽に身を任せた。

第三章　禁止令と夜這い

1

その後、仲居たちの夜這いがぴたりとやんだ。

そして、ここを任されている日菜子チーフから、仲居との風紀の乱れを指摘され、もう一切誘惑に乗らないように、乗った場合は給料の減額を言い渡された。

洋平の自供を受け、日菜子は他の社員にも聴取をして、仲居たちの夜這いの現状を知った。

その証言を持って、S温泉旅館の女将である中谷郁子（なかたにいくこ）と談判し、仲居たちの性的な乱れを指摘し、以降はそういった行動を慎むように約束させたらしい。

女将の郁子は現在五十三歳。彼女も五年前の土石流で、旅館の社長をしていた夫を亡くしているのだと言う。

この女将とうちの社長が懇意にしていて、お互いにプラスになるというので、このコロナ移転を決めたのだ。

仲居さんとの密会を禁じられて、男性社員の労働意欲は明らかに落ちた。

これなら、多少のことには目を瞑(つむ)って、肉体的な交流を認めたほうがいいのにと思った。

だが、日菜子チーフはもともと生真面目で風紀の乱れを嫌うタイプであり、また、地元でのスキャンダルを恐れているようだった。

（こうなったのも俺がチーフにバラしちゃったからだよな）

洋平は自分を責めた。落ち込みもした。

だが、落ち込んでいる場合ではなかった。洋平には仕事があった。

M旅館の新しいWEBサイトをデザインするという。

必死に知恵を絞りだし、どうにかして案を作成した。

今日はそれをM旅館の若女将である竹内美保に見てもらうことになっている。

日菜子チーフは忙しいので、洋平はひとりで行くことになった。

車を運転してM旅館まで行き、事務室で待っていると、竹内美保がやってきた。

着ている和服のせいか、今日はまた一段と色っぽい。

三十四歳だと言うのに、いまだ初々しさというか、清楚な雰囲気をただよわせているのがすごい。

ちょっとした仕種や表情がまた、男心をかきたてる。

男が放っておかない女性だ。この人もあの土石流で夫を亡くし、今も再婚はしていないから未亡人である。

未亡人だらけの村……か。

美保のような女なら、再婚したいのならすぐにでもできるのにと思う。ただ、高級旅館の若女将だから、再婚するとすればその相手が旅館の主人となる。きっとそんないろいろな事情がからんでいて、相手を決めることが難しいのだろう。

デザインしたWEBサイトを見せて、意見を聞いた。

「ありがとうございます。今のものより断然いいです。頼んでよかったわ」

と、美保は喜色満面で喜んでくれた。

細かい部分にも目が届くようで、その指摘がありがたかった。

仕事もできるし、女としても満点だ。これ以上の女性はいないのではと思った。

一目惚れが、マジ惚れに変わった。

洋平はダメもとで提案してみた。

「あの……」

「はい……」

「じつは、ここの周辺の観光地とかもＷＥＢに載せたいんですが……」

「ああ、それはいいですね。このへんは、みなさんのご存じないところで、見てもらいたい場所が何ヶ所かあるんですよ」

「はい、それを載せたいんです」

「賛成です」

「ええと……それで、ですね。その写真を撮りたいんですが、若女将のお暇なときでかまいませんので、案内していただけないでしょうか？　そうしたら、俺が写真に撮って、ガイドの文章も書きますが……ああ、もちろん、お忙しいでしょうから、他の方の案内でも、かまいません」

最後に、付け足した。

「せっかくですから、わたしに案内させてください。大丈夫ですよ。そのくらいの時間は取れます」

美保が快諾してくれたので、洋平は内心ガッツポーズをしていた。

「若女将に来ていただけるなら、写真に入っていただけませんか？　み、美保さんがその景勝地を紹介するような感じで撮れば、独自感が出ると思うんです」

「わたしなんて……」

美保がはにかんだ。これは謙遜と取っていいだろう。

「いえ、美人若女将の美保さんだからいいんです。お願いします！」

「わかりました。それが宣伝になるなら」

美保が了承してくれた。

若女将と二人で行くだけでもうれしいのに、その写真を撮れるのだから、これはもう最高だ。

洋平は心のなかで快哉を叫び、その予定日を決めて、うきうきした気分で旅館を出た。

2

一週間後の夜、洋平は部屋に敷かれた布団のなかで、こっそりとオナニーしていた。

オカズにしているのは、M旅館の若女将・竹内美保だ。

三日後には、ようやく彼女と一緒に名所巡りができる。写真まで撮れるのだ。

その日が待ち遠しくてならない。

今、頭のなかで、美保は立ちバックで自分に犯されている。着物をめくりあげられて、真っ白な尻たぶを見せた美保は、激しく後ろから突かれて、

『あんっ、あんっ……ぁああ、すごい。ずっと満たされていなかったの。きみを見た瞬間からこうされたかった……五年間は長かった。ぁああ、そこ……大きい。きみのおチンチン、大きい！』

美保はうっとりとして言い、テーブルにつかまって、ますます尻を突き出してくる。

（ああ、自分からこんなにケツを……好きなんだな。若女将、清楚に見えて、意外に好き者なんだな。よし、イカせてやる！）

力強く打ち込むところをイメージしながら、いきりたつものを右手でぎゅっ、ぎゅっとしごいた。もう少しで射精というところで、
コン、コン……。

部屋のドアをノックする音が聞こえた。

（うん、今頃、誰だろう？）

スマホの時計を見ると、もう午後九時半だ。

（くそっ、もう少しだったのに……！）

間の悪さを呪いながら、洋平は布団を出て、乱れた浴衣を直して、ドアに向かう。

ドアを薄目に開けると、何と、そこには仲居の太田奈緒が立っているではないか。

仲居にしては若く二十六歳で、小柄でかわいい容姿をしているが、どこかスキがあるというか、男好きがする感じで、うちの社員には人気があった。

『奈緒ちゃん』と呼ぶと、彼女は『はいはい、何ですか？』とにこにこしてお給仕などをしてくれる。

この村出身で、独身のはずだ。

「あの……何でしょうか？」

「ふふっ、夜這いに来てあげたの。入るね」

太田奈緒がづかづかと部屋に入ってきた。無地の着物に帯をしている。きっと、本館での仕事を終えて、その足でここに来たのだろう。

「でも、夜這いは禁止になったはずじゃ？」

「知らなかったの。あれは取り消されたのよ」

「えっ、そうなんですか？」

「ええ、今日からまた解禁……あらっ、あそこが大きくなってるわよ。そうか……

さっきまでオナニーしていたのね。何か、こごいやらしい匂いがするもの」

奈緒が洋平の浴衣の前をはだけて、いきなり股間のものを触ってきた。ブリーフ越しだが、しなやかな指をはっきりと感じる。

「工藤さん、社員のなかじゃいちばん若いんでしょ？　だから、こんなにギンギンなんだ。いいよ、布団に寝て」

洋平は押し倒されるように、布団に仰向けになる。

奈緒はなおも股間のものをさすってくる。うねりあがる快感のなかで、事情を訊いた。

「あの……どうして、急にまた解禁になったんですか？」

「さあ、わからないわ。女将がそちらのチーフと話し合って、決めたそうよ」

奈緒が勃起から手を離して、帯を解きはじめた。

日菜子チーフが、夜這いを認めた？　まさか、ありえないだろう。

「ほんとですか？」

「事実よ。聞いてないの？」

「ええ……」

「じゃあ、きっと自分の口からは言わないんじゃない？　だって、自分が禁じたものを解禁するなんて、自分では言えないもの」

奈緒が帯を解き終えて、無地の着物を肩からすべり落とした。

ピンクの地に白い半衿のついたかわいい長襦袢が、小柄な奈緒にはよく似合っている。

「それで、奈緒ちゃんが、ここに？」

「ええ……眞弓さんに勧められたの。工藤さんはすごくパワフルで、一度出してもすぐに回復するから、性欲の強いわたしには向いてるんじゃないかって……ああ、眞弓さんはちょっと事情があって、今夜は来られないみたいなの。よろしくって言ってたわよ」

奈緒がまさかのことを言う。

（どうなってるんだ？　ここの仲居さんたちは男を共有したってかまわないのか？普通、そこは避けるだろう）

不思議な村だ。

五年前の土石流で、村の主要な男たちが亡くなって、残された妻たちは未亡人となった。

現在もセックスに適した年頃の男がほとんどいない。それで、こうやって余所者の男で欲望を満たしているのはわかる。しかし、共有したってかまわないというのは、ちょっとへんだ。疑問点を訊いてみた。

「あの……奈緒ちゃんは地元に恋人とか、いないの？」

「いないわよ」

「そうなんだ……で、男なら誰でもいいのかな？」

「誰でもいいってわけじゃないわ。わたしも好みのタイプがあるから」

「俺は大丈夫？」

「きみは合格かな。頼りないけど、そこがわたしの死んだ主人に似てるから」

びっくりした。

「……奈緒ちゃんも結婚してたんだ」

「してたわよ。わたし、二十歳で結婚してるから。彼は土建業をしていて、体力自慢だったのよ。気は弱かったけど……」

「知らなかった。それで、あの土石流で亡くなったんですか？」

「そうよ。埋まってしまって、発見するのに三日もかかったのよ……もう、彼のことはいい。思い出したくないの」

「ああ、ゴメン……」

「いいの。セックス集中しようよ。あら、小さくなっちゃった」

土石流で三日も泥に埋まっていた亡夫のことを思うと、あれが自然に縮んだ。それに、残された妻を抱くことの後ろめたさもある。

「大丈夫よ。わたしは今、したくてしたくてたまらないんだから。わたしのリクエストにきみは応えるだけたから。きみは悪くはないのよ」

そう言って、奈緒がまた股間のものをさすりはじめた。

とても上手かった。ブリーフの横から手を入れて、半勃起したものをやわやわと触られ、睾丸をもてあそばれ、本体をかるく握ってしごかれると、分身がどんどん充実してくるのがわかる。

「もう、大丈夫ね。カチンカチンになった」

奈緒はいったん勃起から手を離して、洋平の浴衣の腰紐を解いた。

浴衣をはだけ、あらわになった胸板にキスをしてくる。

ちゅっ、ちゅっとキスを浴びせながら、ブリーフの下に手を突っ込んで、硬直を握りしごいてくる。

「ねえ、下になっていい？　わたし、するよりもされたいタイプなの」

そう言って、奈緒は長襦袢の袖から腕を抜き、もろ肌脱ぎになった。

いやらしいとしか言いようのないオッパイだった。

小柄でほっそりしていて、胸もちょうどいい大きさだ。しかも、セピア色の乳首はツンと威張ったように上を向いていて、乳輪と乳首の光沢が男をそそった。

奈緒が布団に仰向けになって。洋平を見あげた。

「きみ、眞弓さんが二人目だったらしいね」

「ああ、はい……だから、たぶん下手ですよ」

「男は下手くらいがちょうどいいのよ。セックスが上手いって豪語している男ほど、独りよがりでどうしようもない。きみはそうじゃなさそう……来て。キスして。キスが好きなの」

奈緒が両手をひろげた。

「いいのよ、欲求不満の女を助けると思って……これは、いいことなのよ」

奈緒の言葉が、洋平を安心させた。

おずおずと覆いかぶさっていき、顔を寄せていく。キスはあまり経験がないし、まったく自信がない。

唇を合わせていくと、奈緒が自分から洋平の頭をつかんで引き寄せ、情熱的に吸いついてきた。

ねっとりと唇を舐め、舌を横殴りにすべらせる。

また貪りついてきて、微妙に角度を変えて口腔を吸い、舌を押し込んで、からめてくる。

そうしながら、洋平の足を挟み付けるようにして、下腹部をぐいぐいと擦りつけてきた。

奈緒の唇はぷるんっとして、すべすべで、触れているだけで気持ちいい。

長い舌も器用に口のなかを動きまわる。

そして、奈緒はキスをつづけながら、右手をおろしていき、洋平のイチモツを握った。ディープキスで洋平の舌を吸い込みながら、勃起しきったものを精力的にしごくのだ。

洋平は早くも挿入したくなって、それをぐっとこらえる。

キスをおろしていき、ほっそりした首すじから胸のふくらみへと唇を押しつけた。

窄めた唇がふくらみの頂上に触れただけで、

「あんっ……！」

奈緒はびくっとして、胸を反らせた。

すごく敏感だ。

（二十六歳の若い未亡人なんて寂しすぎる。奈緒ちゃんなら男は選り取り見取りだろう。早く再婚すればいいの……）

そう思いながらも、左右の乳房を周囲からじっくりと撫でまわした。

ここに来て、三人目なので、愛撫をするにも落ち着きが出てきた。

やはり何だって、慣れなのだ。

お椀形のふくらみを揉みあげていき、乳首の周りを円を描くようにさすった。すると、まだ触れていないのに、乳首が明らかに勃起してきた。

そして、奈緒は左右の足を足踏みでもするように交互に上げ下げして、

「ぁあああ、触って……じかに乳首に……」

潤んだ目を向けて、せがんでくる。

洋平が乳首に触れるかどうかのところで指を旋回させると、

「んっ……あっ、ぁあああ……焦らさないでぇ。お願い、もっと、強く。乳首をぎゅっとして」

奈緒が下から潤みきった瞳を向けてくる。

女性はすごいと思った。ついさっきまでとは目の表情が全然違う。今はとろんとして、男にすがりつくようだ。

洋平は向かって右の乳首を親指と指でつまんで、くりくりとねじってみた。

硬くしこっている乳首が左右にひねられて、

「ぁあああ……それ……もっと……もっと強くして。そうよ、そう……ひねり潰して……ぁあああうぅぅぅ」

洋平が指に力を込めると、奈緒は顎をせりあげ、首すじに血管を浮かべて、のけぞった。

きっと痛いのだろう。しかし、どこかうっとりして、その痛みを味わっているようにも見える。

(そうか……ひょっとして、奈緒さんはMっ気があるのかもしれないな)

ぐりぐりと捏ねていると、奈緒が求めてきた。

「そのまま、乳首の先を指でトントンしてみて……大丈夫、できるから」

洋平は言われたように、親指と中指で転がしながら、人差し指で乳首のトップをノックするように叩いた。すると、それがいいのか、

「そう、それ……もっと、もっと強くねじり潰して……そうよ。そう……もっと、トントンして……ぁああ、そうよ、そう……あああ、きみのおチンチン、カチンカチン……」

奈緒はのけぞりながら、右手で洋平の勃起を激しく握りしごく。

洋平は一気に挿入したくなった。

だが、その前にクンニをしたい。あそこをたっぷり舐めて、よがらせてから挿入したほうが、女性はいっそう感じやすくなると、洋平がリスペクトするAV男優がユーチューブで言っていた。

洋平が下腹部に顔を埋めようとすると、奈緒が言った。

「舐めてくれるの？」

「ああ、はい……いけませんか？」

「ううん、舐めてほしい。これを、腰の下に敷いてもらえる？」

奈緒がつかんだのは、枕だった。

洋風の大きくてクッションのあるものとは違って、ここの枕は蕎麦殻が入っていて小さいが、頭が固定してよく眠れる。

腰枕というのは、聞いたことがある。

奈緒が自分から尻を浮かしてくれたので、その隙間に蕎麦殻枕を突っ込んだ。

「こうしたほうが、クンニしやすいと思うの。わたし、どちらかというと下付きみたいだから……挿入も腰枕ありでしたほうが、いいと思う」

「ああ、はい……勉強になります」

「ふふっ、素直な子ね。そういうところ、なくさないでよ。男の人って、何度もするとどんどん傲慢になるんだから」

心のなかでうなずいて、洋平は顔を寄せた。

確かに、腰枕を入れると膣の位置があがって、クンニしやすい。

「こうしたほうが、舐めやすいでしょ？」

そう言って、奈緒は自分から両膝を抱えて、胸のほうに引き寄せた。

桜色の長襦袢がはだけて、太腿も下腹部も丸見えだった。

中央に向かうにつれて濃くなる縦長の陰毛が流れ込むあたりには、ぷっくりとしているが小さな目の雌花がわずかに開いて、内部の鮭紅色がのぞいている。

しかも、濃いピンクの粘膜はあふれんばかりの愛蜜を湖面のようにたたえて、ぬらぬらと光っている。

顔を寄せると、仄(ほの)かな性臭がして、その奥を舌をいっぱいに出して、舐めた。

ぬるっ、ぬるっと舌がすべっていき、そのまま上方の肉芽に触れて、

「あんっ……！」

奈緒は顎を突きあげて、喘いだ。

両手で自分の膝をつかんで持ちあげているので、顔は丸見えだ。

じゅくじゅくと蜜を滲(にじ)ませている狭間に舌を這わせながら、奈緒を見た。

左右のちょうどいい胸のふくらみが二つあって、てかつくセピア色の乳首が痛ましいほどにそそりたっている。その二つの小山の向こうに、顎をせりあげている奈緒の顔が見える。

執拗に狭間(はざま)を舐めると、それがいいのか、

「ぁあああ、気持ちいい……きみの舌、すごくいい……たまらない。そう、そのままクリちゃんを……そうよ。そう……ぁあああうぅぅ」

陰核を舌で上下左右に弾くと、奈緒は一段と激しい反応をして、

「くっ……くっ……」

仄白い喉元をさらす。

さらに、クリトリスを舌で弾いていると、

「我慢できない。指を……きみの指をちょうだい」

奈緒が訴えてくる。

「指、ですか？」

「ええ……なかを搔き混ぜながら、クリちゃんを舐めてほしいの」

「わ、わかりました」

洋平は右手の人差し指を頬張って濡らし、それを膣口に押し当てた。

「いきますよ」

「ええ……早く……もう、我慢できない！」

ちょっと力を込めると、人差し指が第二関節まですべり込んでいって、なかの粘膜の襞がきゅっ、ぎゅっと吸いついてくる。吸いつきながら、内側へと手繰りよせようとする。

（こ、この人もタコツボ……！）

おチンチンより敏感な指だから、内部のうごめきがいっそうよくわかる。

「円を描くようにまわしながら、クリちゃんを舐めて……お願い」

「ああ、はい！」

洋平はゆっくりと人差し指を旋回させて、膣をひろげながら、顔を寄せてクリトリスを舐めた。すると、それがいいのか、奈緒は、

「ぁああ、それ……ああ、腰が動く……勝手に動くの……ぁああ、クリをもっと、もっと強く弾いて……そうよ。そう……いい、すごくいい……」

奈緒は腰をグラインドさせたり、ローリングさせたりして、指の感触を満喫する。

「そろそろ指を上に向けて。お腹のほうに女が感じるポイントがあるから、見つけてみて」

「ええと、ここですか……何か、ざらざらしてますけど」

「そう。そこが、Gスポットよ。そこをノックして。つづけてノックしながら、外側へと擦りあげて……ぁああ、ピストンはダメ……痛いだけだから。上側を叩いて……そう、そう……ぁああ、もっと強く擦って……破れるくらいに。吸って、クリを吸って……」

リクエストを受けて、洋平は激しくGスポットを叩き、擦って、クリトリスを頬張った。チューッと吸いあげると、

「いやぁあああ……ぁあああ、ああああ、イッちゃう……ねえ、来て。きみのカチンカチンが欲しい。入れて。今よ、奈緒を貫いて。思う存分に貫いて」

奈緒が潤みきった瞳を向けて、さしせまった様子でせがんでくる。

3

よし、今だとばかりに、洋平は勃起を押し当てた。

奈緒は依然として、両手で自分の膝をつかんで開いてくれている。あてがって沈めていくと、切っ先がさっき指でひろげた膣をさらに開いていき、

「ぁああ……！」

奈緒は膝から手を外して、両手でツーツを鷲づかみにした。

「おお、くっ……！」

と、洋平も奥歯を食いしばる。

根元まで押し込んだとき、とろとろの粘膜が侵入者を押し出すようにざわめき、イチモツを奥まで受け入れると、今度はひたひたとからみついてくる。

(すごい……！　眞弓さんもそうだった。ここの村の女はみんなタコツボなのか？)

じっとしていないと洩らしてしまいそうだ。

しかし、内部のうごめきが出し入れをせかしてくる。

「ダメだ。我慢できない！」

洋平は膝の裏をつかんで押し広げながら、胸のほうへと押す。

奈緒は股関節が柔軟なのだろう、大きく足がひろがっている。そして、もう少しで膝がくっついていまいそうなほどに腰が折れ曲がっている。

腰枕をしているから、余計にオマ×コが上を向き、そこに、洋平のイチモツがずぶっ、ずぶっと埋まり込んでいる。

「あんっ……あんっ……いい。深いわ。突き刺さってくる。子宮を貫いているみたいよ。すごい、すごい……洋平くん、すごいよ！」

奈緒が下から、とろんとした目で訴えてくる。

「ああ、俺も気持ちいいです。ぁあううっ！」

ぐっとこらえながら、つづけざまに叩きつけた。

膝裏をつかんで持ちあげているこの姿勢のためか、すごくダイレクトに切っ先が奥まで届いているのがわかる。それに、ぐんと上を向いた亀頭部が膣の天井を擦りあげていく。

「あああ、そこがいいの……そのまま、つづけて。Gスポットにしっかり当たってる。そうよ、そう……ダメ。スピードを変えないで。そのまま、ああ、強く突きすぎ！　さっきのままがいいの。女の子が心から気持ちいいって言ったら、やり方を変えないで……女性か感じるってことは、きみも感じているはずよ。そうでしょ？」

「ああ、はい……確かに」

洋平は膝をつかんで前傾し、体重を乗せたストロークを同じリズムで叩き込んでいく。

本当はもっと激しく動きたい。それをぐっとこらえているから、射精感はやってこない。

奈緒の膣は本当に気持ちいい。目を閉じても、膣粘膜がうごめきながら、ぎゅ、ぎゅっと内側へと吸い込もうとするのがわかる。

と、奈緒が言った。

「ゴメン。この体勢じゃイケない。バックからしてほしいんだけど……バックで思い切り突かれるのが好きなの。いい？」

「ああ、はい……もちろん」

洋平が言うと、奈緒は自ら体の下から出て、布団に四つん這いになった。

ピンクの長襦袢を着ているが、上半身はもろはだ脱ぎになっていて、今はしなやかですべすべの背中が見えている。

洋平は後ろについて、長襦袢をめくりあげた。

ミルクを溶かし込んだようなきめ細かい肌が見事な光沢を放ち、尻たぶの底に女の器官がぱっくりと口を開いている。

小さな足にはいまだに白足袋を穿いていて、それが、奈緒をいっそうセクシーに見せていた。

自分でも惚れ惚れするようなリュウとした肉柱が、上を向いていきりたっている。

じっくりと途中まで打ち込んで止めると、「焦らさないで！」とばかりに、奈緒が自分から腰を後ろに突き出してきた。

「うあっ……！」

分身がすっぽりと熱い滾りに包み込まれる快感が、押し寄せてくる。

それは何者にも替えがたい。

以前は男女関係で失敗すると大人たちを見て、バカだなと思っていた。しかし、今は彼らの気持ちがよくわかる。名器にカチカチのおチンチンを打ち込むこと自体が大きな悦びなのだ。

「突いて！」

奈緒がせがんでくる。

洋平は腰をつかみ寄せて、徐々に強いストロークに切り換えていく。

「あんっ……あんっ……あんっ……そうよ。ねえ、腕を……」

奈緒が右腕を後ろに差し出してきた。

（そうか……腕をつかんで引っ張れば、打ち込んだときに身体が逃げないから、強烈なんだよな）

洋平はファンのＡＶ男優が言っていたことを思い出して、差し出された右腕をつかんだ。

肘から下をがっちり握り、のけぞるように後ろに引き寄せる。そうやって、ぐいぐいと腰を叩きつけていく。

「あんっ、あんっ、あんっ……ぁああ。すごい！　奥まで貫かれてる。これ、好き……これ、好き……ぁああ、ねえ、左腕も」

奈緒がせがんでくる。

（そうか……奈緒さん、マゾだからな）

洋平はいったん右手をおろし、右手と左手と両方つかんで、後ろにのけぞった。

すると、奈緒の上体が斜めまで持ちあがってきた。

（うおおっ！　何か俺、ＡＶ男優みたいじゃないか！）

ちょっと力を抜けば、奈緒を放り出してしまいそうで、洋平はがっちりと両腕を握って、後ろから突き刺す。

と、ギンギンの分身が奈緒の体内に埋まり込んでいって、

「あんっ……あんっ……ぁあああ、これ、好き……おかしくなる。おかしくなる……洋平、いいよ。出していいよ」

奈緒が言う。

「出しますよ。本当に出しますよ」

「いいよ、出して……ちょうだい。きみの精子をちょうだい！」

洋平がたてつづけに後ろから打ち込んだとき、その瞬間がやってきた。

「あんっ、あん、あっ……ぁああ、もっと、メチャクチャにして。奈緒をメチャクチャにして！」

奈緒がさしせまった声を出す。

「うおお、イキます！」

洋平は両腕を後ろに引き寄せながら、射精覚悟で打ち込んだ。

「あん、あん、あん……イクわ、イク、イク、イッちゃう！」

奈緒がのけぞった。

「イッてください。ああ、俺も……！」

両腕を引っ張りながら下からえぐりたてたとき、

「イクぅ……あっ、あっ、あっ……」

奈緒は両手を引っ張られながらも、がくん、がくんと大きく背中を波打たせる。

(すごい、イッてる!)

駄目押しとばかりにもうひと突きしたとき、洋平も熱い男液を放っていた。

4

二人は汚れた身体を洗おうと、貸切り風呂に向かった。

二人一緒のところを見られると面倒だから、奈緒が最初に部屋を出た。

しばらくして、洋平も貸切り風呂に向かう。

さっき放出したが、今はもう回復途上にある。奈緒は性欲が強そうだから、きっともう一回、貸切り風呂で求めてくるに違いない。

貸切り風呂は三つある。そのなかで、『紅葉』と名付けられた風呂の札が入浴中になっている。

(ああ、ここだな)

脱衣所で浴衣を脱ぎ、全裸になって入っていくと、奈緒がすでにお湯につかっていた。

ここも乳白色の濁り湯だから、お湯のなかの裸身が見えないのが残念だ。

洋平はカランの前に座って、よく股間を洗った。

さらにかけ湯をして、湯船につかる。

「いらっしゃいよ」

奈緒が声をかけてくる。

洋平は奈緒の隣に腰をおろす。

「ここは、そろそろイケそう？」

奈緒がお湯のなかで、股間のものをさぐってきた。

「もう大丈夫そうね。さすがだわ、眞弓さんの言うとおり、回復が早いのね」

そう言って、乳白色のお湯のなかで、力を漲らせつつあるものを握って、ゆったりとしごく。濁り湯でほとんど見えない。しかし、そのぶん、ひどく昂奮してしまう。

奈緒が立ちあがった。

そして、向かい合う形で洋平の足をまたぎ、腰をおろした。

ここはお湯が浅いせいで、奈緒の乳房が半分ほど見えてしまっている。セピア色の乳首が白濁湯で見え隠れして、それがたまらない。

と、奈緒が首にしがみつくようにして、顔を寄せてきた。キスをしてくる。

ふっくらとした小さな唇が洋平の唇と重なり合い、舌がすべり込んでくる。

「んんっ……んんんんっ……」

舌をからめ、唾液を送り込みながら、奈緒は乳房を擦りつけるようにして腰を揺らめかせる。

かすかに硫黄の匂いがする。炭酸泉だから、さらさらしている。

お湯は飲んでも胃腸に効果があるらしいから、たぶん、なかでやったって大丈夫に違いない。

奈緒はキスをやめて、お湯のなかに手を突っ込んだ。

洋平のいきりたちをつかんで、亀頭部をどこかに擦りつけている。たぶん、オマ×コだ。

「入れるよ、いい？」

「はい……」

奈緒は静かに腰を落とした。

洋平は硬直が何かすごくぬらぬらした粘膜に包まれていくのを感じる。それが奥

まで潜り込むと、

「はうぅ……！」

奈緒は顔をのけぞらせて、洋平の肩につかまる。

「ああ、へんな感じよ。きみのカチンカチンがお湯のなかで、わたしのなかに潜り込んでる。わたしね、一度お湯のなかで挿入されたかったの。立ちバックはしたことあるけど、お湯のなかでは初めて……ぁああ、ぐりぐりしてくる。きみのおチンチンがぐりぐりしてくるぅ……ぁあああ、止まらない」

奈緒は両肩につかまって、腰を前後に振っては、

「ぁああ、いい……いいのよぉ」

と、艶めかしい声をあげる。

腰づかいがどんどん激しくなって、乳白色のお湯がちゃぷ、ちゃぷと波立っている。

白い湯けむり越しに見える色白の肌が、朱に染まっている。

「胸を、揉んでよ」

「ああ、はい……」

洋平は目の前の乳房をつかんで、揉みしだく。指を食い込ませて、やわやわと揉

み、さらに、円を描くように揉みまわす。

乳肌はすべすべで、温かい。

乳首がツンと上を向いて、触ってと訴えかけてくる。

洋平は左右の乳首をつまんで、くりっ、くりっと転がした。すると、硬くしこった乳首が根元からねじれて、

「ぁああ、それ……もっと強くしていいのよ。そう、そう……ぁああ、痛いけど気持ちいい……ぁああ、止まらない。腰が止まらない」

目の前で、さしせまった様子で動く奈緒。

洋平も自分から動きたくなった。

「あの……立ちバックでしたいんですけど……」

「いいわよ。その積極性を待っていたの。やっぱり、男は自分から仕掛けないと、女は身をゆだねられないのよ」

そう言って、奈緒は結合を外し、立ちあがった。

そのまま内風呂の岩に両手を突いて、腰を後ろに突き出してくる。

素晴らしい光景だった。

お湯のしずくの滴る裸身が腰から折れ曲がり、上気した肌はつるつるだ。

洋平は後ろに立って、いきりたちをゆっくりと慎重に埋め込んでいく。

ぷりっとした尻の底にイチモツが姿を消していくと、

「ぁあああ……いい。きみの硬くていい……ぁああ、我慢できない」

奈緒は洋平がピストンする前に、自分から腰を揺すりはじめた。

湯船の縁の岩につかまって、全身を前後させる。すると、膣もいきりたったものを擦っていく。

気持ちいい。しかし、洋平も自分から動きたい。

奈緒が腰を後ろに振る瞬間を見計らって、ぐんと腰を前に突き出した。

こっちに向かってくる膣と、ギンギンの勃起がガツンと衝突して、

「ぁあん……！」

奈緒ががくっ、がくっと痙攣した。

洋平はもっと奈緒に感じてほしくて、右手を脇腹から差し込んで、乳房をとらえた。もっちりとしてすべすべした乳房を揉みしだき、頂上の硬い突起をつまんで転がした。

「ぁああ、それ……今よ。ちょうだい。イキそうなの……わたし、またイキそうなの……イカせて、お願い」

奈緒が後ろ姿で哀願してくる。

洋平は乳房を荒々しくつかみながら、腰を突き出していく。ずんっ、ずんっと勃起が深いところに届いて、

「あんっ、あんっ……ぁあああ、来るわ、来る……今よ」

奈緒が逼迫した様子で言う。

今だとばかりにつづけざまに深いところを突いたとき、

「イクぅ……あっ……あっ……」

奈緒はがくん、がくんと震えて、湯船にしゃがみ込んだ。


二人は露天風呂でお湯につかっていた。

白い湯けむりを風が流していき、奈緒の裸身がいっそうくっきりと映る。

上空には星空がひろがり、満月がぽっかりと浮かんでいる。

幸せだった。

洋平が夜空を見あげていると、

「ダメよ、ここでは……」

隣の貸切り風呂から、女の声が聞こえた。

（えっ、今のは……日菜子チーフの声だったぞ）

長年聞いてきた師匠の声を間違うはずはない。してみると、日菜子は誰かと一緒に貸切り風呂に入ってきたのだ。

（誰と？）

耳を澄ましていると、

「平気ですよ。隣には聞こえません。神崎さん、意外と臆病なんですね」

男の声がした。

（この声は、確か、Ｓ温泉旅館のマネージャーをしている瀧本さんじゃないか！）

旅館で女将に次ぐ権力を持っているはずだ。四十五歳で、なかなか渋い容姿をしている。彼は三年前にここに移ってきたというから、五年前の土石流のときはいなかったはずだ。

（そう言えば、チーフ、瀧本さんの前ではどことなく緊張していたものな。好意を覚えていたんだな。それで、懇ろになったというわけか？）

洋平は奈緒と顔を見合わせ、息を潜めて存在を消す。

すると、隣の露天風呂に人はいないと判断したのだろう。

「ぁああ……ここじゃ、いや……」

日菜子の声がする。

「もう遅いですよ。もう、入っちゃいましたから……ぁああ、キツキツだ。あなたのここ、キツキツだ。そうら」

瀧本の声がして、パン、パン、パンと後ろから打ち据える音が聞こえ、

「んっ、んっ、んっ……ぁああ、ダメ。声が出ちゃう！　あんっ、あんっ、あんっ……ぁああ、いい！　いいのよぉ！」

日菜子の喘ぎ声が洩れてきた。

「これ、神崎さんでしょ？」

奈緒が耳元で訊いてくる。

「そう、みたいですね」

「なるほど……そういうことか」

「なるほどって……？」

「神崎さん、うちの女将の罠に嵌まったのよ」

言っている意味がわからなかった。

奈緒の推測では、女将は日菜子が瀧本に好意を抱いていることに気づいて、瀧本に日菜子を落とすように焚きつけたのではないか、と言う。

「その罠にはまって、神崎さん、マネージャーとできてしまったのよ。その秘密を女将に握られて、夜這いを解禁せざるを得なかったんじゃないかしら？　たぶん、そういう事情だと思うよ。うちの女将は本当に遣り手で怖い人だから」

奈緒はそう耳元で囁いて、お湯のなかのイチモツを握ってくる。

「あら、いやだ。さっきより、カチカチ……ふふっ、きみの上司でしょ、神崎さんって？」

「ええ……」

「きれいな人だものね。案外、片思いしてたりして……ほら、聞こえるわよ。いやらしい喘ぎ声が……」

奈緒が言う。隣の露天風呂では、

「あん、あっ、あっ……ダメっ。もう許して……聞こえちゃう」

日菜子がこちらを警戒している。

「平気ですよ。日菜子さんのオマ×コ、すごくよく締まる。月がきれいだ。星たちが俺たちを見てますよ」

「恥ずかしいわ」

「恥ずかしがっているのは、お月さまのほうですよ。見せてやりましょうよ」

「ぁあんん……あっ、あっ、あっ……ぁああ、いい……もっと突いて。ぁあああ、大きいわ」

日菜子の声が丸聞こえだ。奈緒が耳打ちする。

「瀧本さんのチンポ、ほんと大きいのよ。きっと、神崎さんも今はあの巨根にぞっこんなんだわ」

「奈緒ちゃん、どうして知ってるんですか？」

おずおずと訊いた。

「そりゃあ、実際にしたことあるからよ。瀧本さん、このへんの数少ないやり頃の男性だから、引く手あまたなのよ。きみんちのチーフも、今はもう瀧本さんのデカチンが恋しくてしょうがないんだと思うわよ。瀧本さんのデカチンって、一回やると癖になるの」

洋平は言葉を失った。

日菜子は自分を相手にするときは居丈高で女性上位だったのに、今は瀧本にされるがままになっている。

女性は男との関係次第で変わるのだと思った。

（しかし、奈緒さんの言うことが事実だとするなら、ここの女将は大した遣り手だ。

だけど、女将が危険な橋を渡るほどに、仲居の夜這いに意味があるのだろうか？）

わからない。しかし、隣の露天風呂からは、

「ぁああ、あああ……いいの。もっと、ちょうだい」

日菜子の盛りあがった女の声が聞こえてくる。

「ここをギンギンにさせて……ほんと、いやらしいんだから。そこに座って」

奈緒が小声で言って、湯船の縁を指さした。

そこは平らな石になっていて、洋平はお湯を出て、その縁に腰をおろす。足は湯船につかっている。

奈緒が濁り湯のなかを近づいてきて、その前にしゃがんだ。

ギンとしたものを握って、しごき、

「今までのなかでも、最高にカチンカチン。上司が喘いでいるのを聞いて、これって、へんな趣味ね。いいよ、出しても。出させてあげる」

奈緒が頬張ってきた。

髪は後ろで結って、濡れないようにしている。湯船が浅いから、乳房がほとんど見えて、乳首も出てしまっている。

「んん、んっ、んっ……」

つづけざまに強烈に口でしごかれて、

「あああ、くっ……！」

そこが痺れるような快感がうねりあがってきた。

どうやら、奈緒は唇だけではなく、舌や口蓋も使って、肉棹に強くからませているようだった。唇だけでは、これほどの圧迫感はない。

（どう、気持ちいい？）

と言いたげに、奈緒が見あげてくる。

「気持ちいいです。たまらない……」

洋平は隣に聞こえないように、小声で話す。

隣の露天風呂からはいまだに、

「あっ、あっ、ぁあああぅぅぅ……」

と、日菜子の喘ぎが聞こえてくる。制御装置が壊れてしまったかのような喘ぎ方だ。

きっと、それだけ瀧本のデカチンにめろめろになっているのだろう。

日菜子チーフが巨根に貫かれて、あんあん喘いでいる光景を想像すると、なぜかひどく昂奮してしまい、分身がますますギンとそそりたつ。

奈緒がちゅるっと吐き出して、言った。

「入れて、バックから。あのいやらしい喘ぎを聞いてて、むらむらしてきた。ねえ、早くぅ」

奈緒は湯船の縁に両手でつかまって、尻を後ろに突き出した。

（ええい、こうなったら……！）

洋平は湯船に立って、くびれたウエストをつかみ寄せる。いきりたつものを押し当てて、慎重に腰を進めていくと、それが沈み込んでいって、

「はうぅぅ……！」

奈緒は喘いでしまって、いけないとばかりに口に手を当てて封じる。すぐ隣からは、

「あん、あん、あん……」

日菜子の抑えられない喘ぎが聞こえてくる。

洋平にとっては刺激的すぎる状況だった。

今、自分は露天風呂で仲居を後ろから貫いている。そして、隣では日菜子チーフもマネージャーに貫かれて、あられもない声をあげている。

顔をあげれば、満天の星が煌（きら）めく群青色の夜空がひろがっていた。黄色がかった

月もほぼ正面に見える。

白い湯けむりが風で流れ、色白の奈緒の背中と尻があらわになる。そして、膣がきゅ、ぎゅっと勃起を締めつけてくる。

射精しそうになるのを必死にこらえていると、隣の露天風呂から聞こえる日菜子の喘ぎが逼迫してきた。

「ぁああ、もうダメっ……イクわ、イキそうなの……瀧本さん、イッていい？」

「いいぞ。そうら、日菜子さん。イクんだ、イケぇ！」

源泉が流れ落ちる音とともに、パンパンパンという音も聞こえ、

「ぁあああ、イク、イク、イっちゃう……やぁあああああぁぁぁぁ！」

日菜子の絶頂の声が響いてきて、洋平もたてつづけに腰を叩きつけた。

「イク、イク、イクぅ……」

奈緒の押し殺した喘ぎが洩れ、その直後に洋平も熱い男液をしぶかせていた。

第四章　若女将との濡れた情事

1

その日、洋平はM旅館の若女将・竹内美保と旅館近くの名所をまわっていた。

美保はWEBサイトのモデルになるために、いつも以上にお洒落をしていた。品の良さと派手さを備えた小紋の着物に淡い色の帯をつけ、化粧も念入りにして、いっそうきれいだ。

その高貴な美は地元の女性のなかでは飛び抜けていて、この写真や動画を旅館のWEBサイトで掲載したら、それを見た読者は大いに心を動かされるはずだ。

洋平はまず、旅館の近くの土産物屋と食事処を撮影した。

それから、このへんでは高名なS寺に向かって坂道をのぼっていく。はるか遠くには北アルプスなどの名峰がそびえたっていて、目を愉しませてくれる。

S寺は本堂の大きな藁葺き屋根の見応えがあり、その前に佇む美保は、雇ったモデルのように決まっている。

本堂の前にある名のある松や花々も、美保がそこに立っているだけでいっそう映える。石の多宝塔も趣があって、この寺自体がとてもいい感じだ。

たっぷりと時間を取って撮影を終え、二人は谷川の渓流沿いを歩く。

白糸の滝のような美しい滝を、美保とともに撮る。

赤い吊り橋も、渓流とともに撮影した。

さらにあがったところに、眺望のいい小さな公園があると言うので、そこを目指して二人で山道をのぼっていく。

着物に草履で山道は大変だろうと思って、声をかけた。

「大丈夫ですか？　少し休みますか？」

「平気です。わたし、こう見えても健脚なんです。ここで育ったので、山道もまったく気になりません。冬にはスキーもするんですよ」

美保が明るく答える。

「そうですか……失礼しました」

「いいんです。なぜかわたし、身体が弱そうに見えるみたいで、困っています。すごく元気なんですよ」

裾がからまないようにして持ちあげて歩くので、美保のふくら脛が見える。白足袋に包まれた小さな足が速いピッチで前に進む。

二人は小さな公園に出て、洋平は山々の嶺を背景に、美保の写真を撮る。

少し休んでから、二人は下山をする。

もう少しでくだり終わるというところで、美保が急に座り込んだ。木の根っこで足を挫いたらしい。

「大丈夫ですか？」

「平気です」

美保は立ちあがったが、歩こうとして、右足に体重をかけた途端に、「くっ」と痛そうに顔をしかめた。

「ゴメンなさい。さっき、あんなに強がっておいてこんなことになって……」

「あの、もしよかったら、俺がおんぶますよ」

「そんな……それはいけません」

「問題ないです。体力だけには自信があります。どうぞ」

洋平が前にしゃがむと、美保が背中におぶさってくる。

「しっかりとつかまって、落ちないようにしてくださいよ」

「はい……すみません」

美保がぎゅっと腕に力を込めたのを確認して、洋平は足に力を込めて、一気に立ちあがる。

思っていたより、軽い。

「これなら、まったく平気です。行きますよ」

「本当に申し訳ありません」

「平気ですよ」

洋平は一眼レフのカメラを肩にかけ、美保がずり落ちないように尻の下、太腿あたりを抱えあげるようにして、前に一歩、また一歩と進む。

山道の坂道だから、勾配はきついし、足をすべらせたら危険だ。

最初は軽く感じていたが、坂道を降りるにつれて、ずっしりと美保の体重を感じるようになり、だんだんつらくなってきた。とくに、太腿がパンパンに張ってきた。

「おつらいでしょ？　わたし、降ります」

美保が心配して声をかけてくれるので、それが励みになった。

「いえ、大丈夫です」

洋平はどうにかして山道を降りきって、ようやく平坦な道に出た。

「ここなら、自分で歩けます」

美保が耳元で言う。

「いえ、大丈夫ですから。捻挫しているときは、治療前に患部に負担をかけないほうがいいです」

「あの、ケータイで旅館に電話をして、ここまで迎えにきてもらいます」

「それも大変ですよ。普通に歩いて、十分足らずでしょ？　俺がおんぶしたまま連れていきますから」

洋平は強引に断った。

美保としては人の目があるから、男に背負われているのを客に見られるのはいやだろう。

しかし、洋平としてはこの最高の気分をできるだけ長く、味わいたかった。

両手でつかんだ尻の丸みと重さ、背中に当たっている意外にたわわな胸の弾力、腰に触れている下半身、美保の静かな息づかい……。

M旅館に向かいながら、何か話さなければいけないと思い、ついつい、この村では禁断の話題に触れてしまっていた。

「あの、若女将もご主人を、土石流で亡くされたんですよね」

話を切り出すと、美保の身体に一瞬力が入ったが、すぐに抜けて、

「はい、そうです。その話、もうご存じなんですね？」

「はい……」

「当時、わたしが二十九歳で、主人が三十五歳の働き盛りでした。うちの主人はこのへんの旅館の組合長を任されていて、それで、集会所に呼び出されて、今後のことに関して話し合っていたんですよ。当時は豪雨もやんでいたので、もう大丈夫のはずでした。そうしたら、違法の盛り土で地盤がゆるんでいたんでしょうね。あっと言う間に起こって……主人も流されて、生き埋めにされて……それはひどい災害でした。今も、うちの村はその盛り土をした業者と裁判で争っているんですよ」

「そうですか……それで、この村は圧倒的に未亡人の方が多いんですね」

「ええ……みなさん、喪に服していましたから。でも、もう三周忌もとっくに終わっていますし、もう喪に服す必要はないわけですから、そろそろ再婚に動きだしているようですよ」

美保が背負われながら、言う。

「わ、若女将も、再婚を？」

「さあ、どうでしょうか？　誰かいい人がいればいいんですけど……この村は産業

と言っても、観光業と農業くらいですから。なかなか出逢いがないんですよ。その点、Ｓ温泉旅館は恵まれていますね。あなたたちが移転していらした。若い殿方がしばらくここにいるというので、村の女衆は色めき立っているんじゃないでしょうか？」

美保が言う。

（ああ、なるほど、それで夜這いが認められているんだな）

たんなる欲求不満の解消ではなく、若い男たちを村につなぎ止めておきたい。あわよくば再婚して、村の若い男たちの人口を増やそうとしているのかもしれない。

そう考えると納得がいく。

そして、これまで抱いた二人の仲居さん、矢代眞弓と太田奈緒の身体が思い出されて、股間のものが力を漲らせ、ズボンを突きあげてきた。

『村の女衆は色めき立っている』という美保の言葉が、頭のなかでリフレインしている。

（もしも、美保さんが満たされていないなら、俺が立候補します！）

そう頭のなかでは思うのだが、二人の格が違いすぎて、とても言葉にはできない。

そうこうしているうちに、二人はＭ旅館に到着した。すぐに従業員たちがやってきて、若女将の心配をし、やれ応急処置を、やれ医者を呼ぼうという話になった。

「あの、俺は失礼します。今日撮った写真はあげておきます」

言うと、

「今日は、足を挫いたわたしを運んできてくださって、ありがとうございます。このお礼はいずれさせていただきますので」

美保が丁寧に頭をさげた。

「いえ、お礼なんかいりません。それでは、また連絡させていただきます」

洋平はそう答えて、旅館を出た。

2

一週間後、洋平は先日のお礼として、美保が若女将を勤めるM旅館に一泊するよう招待された。

うれしかったが、一応、日菜子チーフに相談をした。すると、業務に支障がない限りは許すと言われたので、すぐに承諾して、宿泊日を決めた。

当日、仕事を終えた洋平は、M旅館に向かった。

豪勢な夕食を食事処で摂り、その後、部屋に通された。

びっくりした。もともと高級志向の旅館だが、和洋室の二間に分かれた一階の部屋で、日本庭園には小さな岩風呂がついている。

（そうか、これが部屋付き露天というやつか……！）

露天風呂のついた部屋に泊まることなど、もちろん初めてだ。

「いいんですか？　俺みたいなやつがこんないい部屋に泊まって？」

中年の仲居に訊ねると、

「もちろん……若女将からのお達しですので。先日は、若女将が足を挫かれたところを山道をおぶって降りてきていただいたそうで。わたしどもも大変感謝しております……あの、もうしばらくしたら、若女将がお礼にうかがうと存じますので、それまでごゆっくりとご寛ぎください。浴衣にお着替えになってもかまいませんよ」

そう言って、仲居が去っていった。

（夢みたいだな。こんなところに泊まれて、しかも、若女将がわざわざお礼に来てくれるなんて……）

庭に出ると、そこには岩風呂が掘ってあって、湯気が立ち昇っている。洗い場もある。周囲は竹の柵で覆われているから、他から見えることはない。

（寛げそうだ。できれば、若女将と入りたいんだけど、それは無理だろう。ひとりでも充分だ）

部屋に戻り、浴衣に着替えた。

すぐに、ドアをノックする音がした。

急いで出ると、そこには若女将の竹内美保が立っていた。

なかに招き入れる。

今夜は一段と優雅な着物を着ている。結いあげられた黒髪からのぞくうなじが楚々として悩ましい。

普通に歩いているから、もう足の捻挫は治ったのだろう。

洋室にはひとつの大きなベッドが、和室には座卓が置いてある。二人は座卓を前に向かい合って座った。憧れの女性と部屋で二人きりという状況に、早くも股間のものが力を漲らせくる。

美保をおんぶしたときの、柔らかな尻の弾力を思い出していた。

あれで、二人の距離がぐんと縮まったような気がする。

ドキドキしていると、美保が言った。

「昨日、うちのＷＥＢの完成形を送っていただきまして、拝見しました……素晴らしかったわ。うちの者たちも今までより断然いいと申しております。あの形でお願いします。工藤さんに頼んで、本当によかった」

そう心から褒めてくれたので、洋平もほっとした。

「それから、先日はわたしをおぶって降りてくださって、心から感謝しています。あのとき、無理をしなかったせいで、治りも早かったとお医者様がおっしゃってくださいました」

「ああ、いえ……俺は当然のことをしたまでですから」

洋平は照れて言う。

「いえいえ……本当に助かりました。今日はそのお礼にと勝手に決めてしまって……かえって、ご迷惑ではなかったですか？」

「迷惑だなんて、とんでもない。部屋付き風呂のあるところに泊まるなんて、初めてです。すごくうれしいです。ありがとうございます」

洋平は思い切り頭をさげた。

「あの……ここのお風呂にはお入りになりますよね？」

美保が庭の露天風呂に目をやった。

「ああ、はい、もちろん……」

「では、お背中を流させていただきたいのですが……」

美保がまさかの提案をした。

「はっ？　いえ……俺ごときが若女将にそんなことをしてもらったら、かえって申し訳ないです」

「そんなことはありません。いいんですよ。せめてものお礼の気持ちです。お背中、流させてください。おいやですか？」

「いやいや、いやだなんて絶対ないです」

「でしたら、早速……まずは、脱がないといけませんね。立ってくださいな」

先日、仲居の矢代眞弓にも『お背中、流させてください』と言われ、そのまま、温泉でのフェラチオやセックスになだれ込んだ。

（ということは、美保さんも……いや、美保さんに限ってそれはないだろう）

そう思いつつも、洋平は言われたように立ちあがる。すると、美保はその前にしゃがんで、腰紐を解き、浴衣を脱がせてくれる。

ブリーフだけはつけていた。

美保に脱衣を手伝ってもらうというだけで、股間のものがぐんと頭を擡げて、ブリーフを三角に持ちあげている。

明らかに勃起はわかったはずだが、美保は見て見ぬふりをして、ブリーフに手をかけた。

「あっ、いえ、それは自分が……」

「大丈夫ですよ。見ませんから」

美保は顔をそむけて、ブリーフをおろし、足先から抜き取った。

「どうぞ、先に入って、温まっていてくださいな。わたしもすぐに参りますので」

美保が後ろを向いて、お太鼓に結んだ帯を解きはじめる。

洋平はいきりたつものをぶらぶらさせて部屋を出て、軒先の露天風呂に向かう。寒い。さっさとかけ湯をし、股間を洗ってから、岩風呂に飛び込んだ。

湯船は浅いが、ここも乳白色でなかが見えない。

卵に似た硫黄泉の匂いを感じつつ、体を沈めた。やはり気になって、部屋のほうを見てしまう。

掃きだし式のサッシ窓を通して、背中を見せた美保が、白い長襦袢を脱いでいるのが見える。

長襦袢がすべり落ちて、一糸まとわぬ姿が目に飛び込んでくる。

（……き、きれいすぎる！）

中肉中背の均整の取れた裸身は、後ろ姿であるがゆえに、いっそうその色の白さが目立っていた。きゅっと締まったウエストから、肉感的なヒップがせりだしている。三十四歳にしてはいまだ若々しいし、尻もパンと張っている。

美保はタオルをつかんで、それで股間を隠し、乳房をもう一方の手で覆って、洗い場に入ってきた。

石畳のカランの前にしゃがんで、かけ湯をする。

桶に汲んだお湯を肩からかけて、さらに、股間を手早く洗う。

ほぼ真横から見ているので、横乳があらわになっている。

Dカップくらいだろうか、大きめの乳房は、上方の直線的な斜面を下側の充実したふくらみが持ちあげ、やや上方についた乳首がツンと上を向いている。

これほどに完璧な形のオッパイを現実に見るのは初めてだ。

全体に凛としたその格好が、オスをそそる。

日本庭園には石の行灯（あんどん）が立っていて、そのぼうっとした明かりが乳房を白々と浮かびあがらせている。

かけ湯を終えた美保が立ちあがって、股間をタオルで隠し、湯船に片足ずつ入ってきた。

「隣、よろしいですか？」

「ああ、はい……どうぞ」

勧めると、美保がお湯のなかを歩いてきて、すぐ隣に座った。

濁り湯で、なかが見えないのが残念だが、美保はタオルを湯船の縁に置いたので、乳白色のお湯から形のいい乳房が半分ほどものぞいてしまっている。

三十四歳で未亡人だとは信じられないほどのピンク色の乳首が、お湯で見え隠れして、そのチラリズムがさらに洋平をかきたてる。

心臓がドキドキして、股間のものが頭を擡げている。こういうとき、濁り湯は勃起を悟られないから都合がいい。

我慢できなくなって、こっそりとお湯のなかで分身を握ってみた。

すごい硬さだ。これまで二人の仲居さんと露天風呂でのセックスという僥倖に恵まれたが、こんなにカチンカチンになったのは初めてだ。

「きれいなお月さまですね」

美保が夜空に浮かんだ月を見あげて言う。

「ああ、はい……すごく」

「……工藤さんは、東京にガールフレンドはいらっしゃるんですか？」

いきなり、美保が訊いてきた。その早くも汗ばみはじめた美貌にくらくらしながら、事実を話した。

「いえ……いません」

「本当ですか？」

「ええ……会社に入ってから、ずっと忙しくて……あっ、俺が仕事ができないだけなんですけど」

「それは違います。うちのＷＥＢ、本当に素敵ですよ」

「ありがとうございます。たぶん、それは神崎チーフに鍛えられたからです」

「あの方ね。とってもきれいな方ね。そのお方が好きだったりして？」

いきなり、美保が切り込んできた。

「いえいえ……尊敬はしていますが、そういう感情はないです」

日菜子と実際に身体を合わせてみて、感じたことだった。

「じゃあ、あの方のもとを離れても大丈夫ですか？」

「えっ、ああ、たぶん……でも、なんでそんなことを？」

「……工藤さんは、この村はお好きですか？」

「好きです。空気が澄んでいるし、のどかだし……俺に向いていると思います」

「……では、ずっとこっちにいらしたらどうですか？」

美保がまさかの提案をしてきた。

「あの……それは、どういう……？」

「そちらの会社はコロナがおさまったら、いずれ東京に戻られるんでしょ？　S温泉旅館だって、客足が戻ったら、別館にもお客さまを入れたいでしょうし……会社が東京に戻ることになっても、工藤さんにはこっちにお残りになっていただきたいんです。うちのWEBをはじめとする広報関係をすべてお任せできたらと思って……いかがでしょうか？」

「……いや、急に言われましても……」

「その気はないと？」

「いえ、そういうわけでは……とても魅力的なお話だと思います」

「でしたら、本気に考えていただきたいわ」

そう言って、美保が洋平の手をつかんで、胸へと導いた。

お湯から出た温かい乳房に手が触れている。柔らかくて、すべすべだ。

（そうか……どうも話が上手すぎると思っていたが、俺をこの旅館の広報に雇いたかったんだ。だとしたら、これはマズい。俺は会社や、日菜子チーフを裏切れない！　ダメだ。手を振り切らないと……）

　だが、美保の手がお湯のなかで伸びてきて、股間のものを握られた瞬間、すべての意志が消えていった。

「先日、足を挫いたときに工藤さんにおんぶしていただいて……あのとき、胸がきゅんとなってしまって……恥ずかしい話ですが、あそこも濡れていたんですよ。これが欲しくて」

　美保の指がいきりたつものを握って、柔らかくしごいてきた。

　しかも、洋平の手に胸のふくらみをぐいぐいと押しつけてくる。

（ああ、もうどうなったっていい……！）

　洋平はこの衝動に身を任せることにした。乳房をぐいとつかんで、揉みあげると、

「あんっ……！」

　美保はかすかに喘いで、勃起を握る指に力を込めた。

（今、美保さん、感じたぞ！）

　洋平は片方の手で柔らかなふくらみを揉み、さらに、頂上の突起を指で挟んだ。

　くりっと左右にねじると、

「あっ……」

美保はまたがくんと顔をのけぞらせる。

洋平は左手で肩を抱き寄せ、右手で胸のふくらみを揉み、さらに、中心をくりっ、くりっと転がした。

「ぁああ、ダメっ……いけないわ。こんなこと……」

美保が喘ぎながら、上気した顔で見つめてくる。

結いあげられた黒髪、ほっそりとした首すじとなだからな肩のライン。華奢な感じだが、乳房は豊かだ。

「でも、美保さんが仕掛けてきたことですよ」

そう言って、洋平は思い切って、美保を抱き寄せた。

正面から抱きしめても、美保は拒まない。

それどころか、自分でも洋平の体に手をまわし、じっと洋平を見る。その潤みきった瞳が、洋平をオスにさせた。

顔を少し傾けて唇を寄せると、美保も唇を合わせてきた。

唇をぴったりと重ねながら、出るべきところは出た凹凸のある裸身をぐいと引き寄せる。

細身で柔軟で、すごく抱きやすい身体のように思えた。

じっとしていると、美保が自分から顔を傾けて、ちゅっ、ちゅっとついばむようなキスをし、さらに、間近でじっと洋平を見つめてくる。

目と目が合って、その鳶色の瞳に吸い込まれそうになった。

「そこに座って……」

美保が甘く囁く。

洋平は岩風呂の平らな縁に腰かける。すると、美保がいったん立ちあがって、近づいてきた。

白絹のような肌が仄かに朱に染まり、お湯でコーティングされている。

ピンクの乳首が尖っている。下腹部の漆黒の翳りはモズクのようになって、しずくが垂れていた。美保は前にしゃがんで、

「すごく元気。触っていい？」

見あげてきた。

「も、もちろん……」

答えると、右手がおずおずと伸びてきて、その形や硬さを確かめるように勃起を触ってくる。

「硬いわ……忘れていたわ。この感触……」

美保がはにかんだ。

（ということは、美保さん、しばらくセックスしていなかったのか？）

やはり、旅館の若女将で、なおかつ未亡人だから、他人の目もあって、安易に男性に抱かれることはなかったのだろう。

美保はしばらくためらいながらも、丁寧に亀頭部や茎胴を触っていたが、やがて、顔を寄せて、先っぽにキスをした。

ちゅっ、ちゅっと唇を押しつけ、おずおずという感じで丸みをちろちろと舐めた。

顔をあげて、恥ずかしそうに洋平を見た。

それからまた顔を伏せて、亀頭冠の真裏に静かに舌を走らせる。舌を横に振って、裏筋の縫目を左右に弾き、顔を横向けて、裏筋をツーッと舐めおろしていく。

長い間、お湯につかって伸びてしまっている睾丸袋をお手玉でもするように右手でかるく押しあげ、下から裏筋をツーッ、ツーッと舐めあげる。

（ああ、若女将がこんなことまで……！）

美保の想像以上のテクニシャンぶりに、驚いた。洋平はびっくりしながらも、昂奮してしまっている。

美保は顔を横向けて、楚々としたうなじを見せながら、本体をフルートでも吹くいる。

ように頬張り、キスをし、舐める。その間も、睾丸袋をやわやわとあやしてくれて

(すごい……きれいだし、セクシーだ!)

洋平が体験したフェラチオのなかでは、その繊細さや丁寧さという意味では、美保がいちばんだった。

うっとりと酔いしれていると、上から頬張ってきた。

両手を洋平の太腿に置き、口だけで咥えてくる。

きりっとした唇をOの字に開き、まるで馴らし運転でもするように、ゆっくりと大きく唇をすべらせる。

(ああ、気持ち良すぎる……!)

こういうのを桃源郷と言うのだろう。

美保は口が小さいから、締めつけ具合がちょうどいいのだ。

スライドをやめて、美保が頬張ったままじっと見あげてくる。その間も、なめらかな舌が硬直にねろり、ねろりとからんでくる。

(そうか……フェラの上手な人って、舌も自在に使えるんだな)

美保がまたストロークをはじめた。

途中までの往復運動をしばらくつづけてから、ずずっと奥まで頬張った。陰毛に唇が接するまで咥えて、ぐふっ、ぐふっとえずきそうになり、それでも、根元まで頬張りつづけている。

洋平はあまりの気持ち良さに目を閉じたいのを、ぐっとこらえた。

こんな衝撃的なシーンを見ないなんて、もったいない。

下に視線をやると、自分のおチンチンがほぼ根元まで、美保の唇の間に埋まってしまっている。上気した左右の頬がぺっこりと大きく凹(へこ)んでいるから、吸いあげてくれているのだ。

そのすぐ下には、お湯から出た形のいい乳房がほぼ見え、濃いピンクに染まった乳首がエロすぎた。

美保がゆっくりと顔を振りはじめた。

唇と舌だけで、いきりたちをしごいてくる。

ゆっくりだった動きが徐々に速くなった。付け根から亀頭部まで大きく、激しく唇を往復させられると、ジンとした痺れに似た快感がうねりあがってきた。

「ぁあああ、くっ……ぁあああ、気持ちいいです」

思わず声をあげていた。

すると、美保が右手で茎胴を握った。

しなやかな五本の指をギンギンになったものにからめ、根元からしごきあげてくる。

同時に、その余った部分に唇を素早く往復させる。

根元をしごくのにピッチを合わせて、

「んっ、んっ、んっ……」

顔を打ち振る。

亀頭冠の裏を唇と舌でさすられて、抜き差しならない快感がうねりあがってきた。

「ぁああ、ダメです。出ちゃう！」

ぎりぎりで訴えた。すると、美保はちゅるっと肉棹を吐き出し、

「出していいのよ。呑んであげるから……大丈夫。すぐにまた大きくしてあげるから……出していいのよ」

そう誘って、また頬張った。

わずかに余裕のある包皮を完全に剝かれて、そのぴんと張りつめた亀頭冠とエラとその周辺を、つづけざまに唇と指で擦られると、いよいよ切羽詰まってきた。

『出していいのよ。呑んであげるから』という甘い言葉が、洋平を追い詰めていく。

（いいんだ。出しても、また大きくしてもらえるんだ！）

洋平は自制心を解き放った。すると、それを察知したみたいに、

「んっ、んっ、んっ……」

美保がつづけざまに根元を強くしごき、亀頭冠に激しく唇をすべらせる。

熱いマグマが噴きあがってきた。もう抗えない。出していいんだ。

次の瞬間、洋平は、

「うおおおっ……！」

しぶかせながら、吼えていた。

脳味噌がぐずぐずになるようだ。

頭がおかしくなるような強烈な射精――。

（俺は今、美保さんの口に白濁液を放っている！）

ドクドクッといつまでもあふれつづける男液を、美保が肉茎を頬張ったまま、こくっ、こくっと喉音を立てて嚥下しているのがわかった。

3

部屋に戻り、洋平は全裸でダブルベッドに大の字に寝転んでいた。

これも一糸まとわぬ姿の美保が、覆いかぶさるようにして、洋平の胸板を舐めている。

結っていた髪は解かれ、ストレートの長い髪が垂れ落ち、胸板をくすぐってくる。

美保は洋平を旅館の広報係として採用したくて、誘惑をしかけているのだ。

だが、自分は会社も日菜子も裏切れない。それなのに、美保にせまられると抵抗もかなわず、その愛撫を受け入れてしまっている。

(こうやって、男は女にからめとられていくんだろうな)

洋平は諦めの境地で、美保の愛撫を受け入れる。

美保は、小豆色の乳首にちゅっ、ちゅっとキスをして、舐めてきた。

赤く細い舌をいっぱいに出して、舌を横揺れさせ、その姿勢で洋平を見あげてくる。

乱れ髪が張りつく顔はぼぅと上気して、目も潤んでいる。

それはこれまで美保が見せたことのない表情で、こういう艶めかしい顔を見ると、美保が性欲を持った女なのだという当たり前のことが、よくわかる。

美保の顔がおりていって、下腹部にたどりついた。

「もう、こんなになってる。回復力が素晴らしいのね」

見あげて、うれしそうな顔をした。

「……回復力だけが取り柄ですから」

「逞しいわ」

そう言って、美保は足の間にしゃがみ、半勃起状態のものを腹に押しつけ、裏のほうを舐めてきた。

袋に舌を走らせ、裏筋にちろちろと舌を打ちつける。

亀頭部の真裏を集中して攻めてくる。キスを浴びせ、舌先で弾き、吸う。

「ぁああ、くうぅぅ……！」

ぞわぞわした戦慄が駆けあがってきて、洋平は足をピーンと伸ばす。

「ふふっ、気持ちいいみたいね？」

「はい……たまらないです」

「さっき、あんなに出したのに、もうこんなにカチカチにして」

にこっとして、美保はいきりたちを上から頬張ってきた。

ふっくらとした唇が表面をすべっていくと、どんどん快感が増して、イチモツが一本芯が通ったようにギンとしてきた。

すると、美保は一気に根元まで咥えて、そこで動きを止めた。

いや、口のなかでは動きは止まっていない。なめらかな舌がねろり、ねろりと裏筋にからみつき、チューーッと吸われる。

「ぁああ、くっ……！」

洋平は快楽に酔いしれる。

ディープスロートとバキュームフェラの合わせ技で、おチンチンが口腔深く吸い込まれる。同時に、よく動く舌がからんでくるのだ。

しばらくすると、唇が上下にすべり、そこに手指が加わった。

根元を強く握ってしごかれ、それと同じリズムで亀頭冠を中心に唇を往復され、舌をからまされると、この世のものとは思えない快感が押し寄せてくる。

「ぁああ、また、また出そうだ！」

ぎりぎりで訴えると、さすがに今回は美保も結合を果たしたいのだろう、ちゅるっと吐き出して、

「ねえ、わたしも舐めてほしい」

股の間から、甘く訴えてくる。

うなずいて、洋平は美保を仰向けに寝かせ、腰枕を置いた。

このほうが、クンニがしやすいからだ。

足を開かせると、細長く手入れされた陰毛が流れ込むところに、艶やかだが清楚でもある肉の花が咲き誇っていた。

吸い寄せられるように、狭間に舌を走らせた。

そこはすでに洪水状態で、ぬるっとした蜜がおびただしくあふれ、舐めあげるたびに、

「あっ……んっ……あっ……」

美保は抑えきれない声を洩らして、顎をせりあげるのだ。

(ものすごい濡れようだ……やはり、自分で言っていたようにしばらく男に抱かれていなかったんだな。だから、今、こんなに濡らしてしまっているんだ)

美保は清楚で、しっかり者だ。だが、とても感じやすいし、貪欲でもある。そうでなければ、露天風呂で洋平の精液をゴックンしてくれないだろう。

洋平はじっくりと丹念にクンニをする。

ここに来て、三人の女性と身体を合わせ、急速にセックスを学びつつあるところだ。前と較べて余裕がある。余裕ができれば、いろいろなものが見えてきて、愛撫だって繊細なものになる。

狭間を何度も舐めるうちに、肉びらがふくれあがって、めくれあがり、内部の赤い粘膜がぬっと現れた。

てらてらと物欲しそうに光っている。

ぬめっている粘膜を舌で上下になぞりつづけると、美保はもうどうしていいのかわからないといった様子で、腰を上げ下げして、

「ぁああ、あうぅー……恥ずかしい。工藤さん、恥ずかしい……」

顔をそむける。それでも、腰の動きは止まらず、むしろ、どんどんさしせまったものに変わった。

清楚な感じだった花園が今はしとどな蜜をあふれさせて、妖しいばかりに濡れ光り、真っ赤な粘膜があらわになっている。

（よし、ここでクリトリスを……）

雨合羽のフードに似た包皮を左右から引っ張ると、珊瑚(さんご)色の本体がぬっと現れた。

（ああ、これが若女将のクリちゃんか……！）

とても小さい。

舌先でさぐりながら、刺激していると、小粒だった肉の真珠がそれとわかるほどに大きくなってきた。

おかめみたいな形をした本体に下から舌を這わせつづけると、

「んんんっ……ぁあああ、いやっ……そこ、ダメなの……ダメ、ダメ、ダメ……はうぅぅぅぅ」

美保は足を踏ん張って、ブリッジするように恥丘をせりあげる。

洋平はしゃぶりついて、なかで舌をちろちろさせる。

硬さを増した突起を舌で弾くと、

「あっ……あっ……ぁあああぁぁ……許して、もう許して……へんになる。へんになります！」

美保が尻を浮かせる。

洋平はクンニを切りあげて、腰枕を外し、いきりたつものを花肉に押し当てた。

片手で片足をすくいあげ、勃起をつかんで導いた。そのまま、慎重に腰を進めていくと、切っ先がとても窮屈な膣口に押し入っていき、

「くっ……！」

と、美保が顎をせりあげた。

熱く火照った膣を感じながら、なおも押し込んでいくと、切っ先が奥のほうへと嵌まり込んでいって、

「はあぁぁぁぁ……！」

美保が大きくのけぞりながら、ベッドのシーツを両手で鷲づかみにした。

（ああ、これが若女将の……！）

まだじっとしているだけなのに、とろとろの粘膜がからみついてくる。勃起の形に自らの形を合わせでもするように、肉襞がまとわりついてくるのだ。

動いたらすぐにでも放ってしまいそうで、動けない。

すると、それに焦れたように肉の筒がぎゅ、ぎゅっと締まり、いきりたちを奥へ奥へと手繰りよせようとする。

（ぁああ、この人もタコツボだ！）

洋平が身体を合わせた地元の女たちは、みんなこのタコツボのような女性器を持っていた。

（偶然なのか？　もしかして、この村の女の人は遺伝的にタコツボマ×コを備えているんじゃないか？）

未亡人村でタコツボマ×コ――。

だとしたら、これ以上の村はない。男にとって、ここは天国にもっとも近い村なのだ。

洋平は覆いかぶさっていき、キスをする。

すぐに、美保が自分から舌を押し込んできた。舌をとらえて、吸う。すると、美保の膣がぎゅ、ぎゅっと締まって、イチモツを奥へと吸い込もうとする。

（あっ、くっ……！）

心のなかで呻き、洋平はバキューム感を味わう。

締めつけがやんだ。

洋平は慎重に腰を動かす。キスをしたまま、くいっ、くいっと腰を躍らせると、

「んっ……んっ……ぁあああ、いいのぉ！」

キスをしていられなくなったのか、美保が唇を離して、ぎゅっとしがみついてきた。

足を大きくM字に開き、勃起を奥へと導きながら、洋平の首の後ろに手をまわして、

「あんっ、あんっ、あんっ……」

抜き差しするたびに、愛らしい喘ぎを洩らす。

(ああ、いい声だ。よく響く。それに、いやらしい……まさか、この声を耳元で聞けるなんて……)

洋平は美保の捻挫の原因となった木の根っこに、感謝した。あのとき、美保が足を挫かなければ、きっとこんなに上手くはいかなかっただろう。

(確か、右足だったよな)

洋平は上体を立てて、美保の右足をつかんで持ちあげた。

貝殻のような光沢を放つ爪が五つ、親指から小指にかけて斜めのラインで、きれいに並んでいる。その少しずつ小さくなっていく爪が愛らしい。

「な、何をしているの?」

美保が訊いてくる。

「いや……この足が捻挫しなきゃ、こうなっていなかっただろうなって……この右足首に感謝しなくちゃいけないなと思って」

洋平はちゅっ、ちゅっと足首に唇を押しつける。

「いや……恥ずかしいわ」

「恥ずかしがることなんてひとつもないです。きれいな足だ。爪が螺鈿(らでん)みたいに光ってる」

　親指を一気に頬張ると、

「あっ、ダメ……汚い！」

　美保がぎゅっと親指を折り曲げた。

　かまわず舐めしゃぶっていくうちに、力が抜けて親指が伸び、されるがままになった。その親指をフェラチオするように頬張ると、

「いけません……そんなこと……んっ、んっ……ぁあああぁぁぁうぅ」

　美保が艶めかしい声を洩らした。

　そのとき、膣もぎゅ、ぎゅっと締まって、勃起を奥へと招き入れようとする。

（ぁああ、すごいオマ×コだ！）

　抜群の締まりを感じながら、洋平は足指を順繰りに頬張った。それから、顔を寄せて、足の裏を舐める。

　踵から、かるいアーチを描く土踏まずを、さらに、足指のほうへと何度も舌を走らせる。

「ぁあああ、工藤さん……気持ちいいの。気持ちいいの……ぁあああ、ちょうだい。ちょうだい！」

美保がもどかしそうに腰を揺らめかせた。

こうしてほしいのだろうと、洋平は両膝の裏をつかんで持ちあげながら開かせ、いっそうあらわになった膣口にいきりたっているものを打ち込んでいく。

「いいの……あんっ、あんっ、あんっ……」

美保は感じてゆがんでいる顔を見られるのがいやなのか、右手の甲を口に添えて顔を半ば隠し、声を押し殺す。

ズンッと突くと、切っ先が奥に届き、そのたびに、美保は「あんっ」と喘ぐ。引いていくと、「ぁあああ」と心から気持ち良さそうに喘ぎを長く伸ばす。

(たまらない。感じて、苦しそうな顔をしていても、美保さんはきれいだ!)

打ち込むたびに、美保はのけぞる。

すっきりした眉を八の字に折って、今にも泣き出さんばかりに顔をゆがめる。

美保が徐々に高まっていくのがわかる。

それと同じように、洋平もどんどん切迫感が押し寄せてきた。

さっき口内射精したばかりだというのに、締まりが良すぎるのだ。

(ダメだ。このままでは、出してしまう!)

洋平は膝を放して、覆いかぶさり、乳房を揉みしだく。たわわなふくらみを揉みあげながら、中心よりやや上で尖っている乳首を指腹で転がした。

とても三十四歳だとは思えない透きとおるような乳首がくりくりと転がされ、

「ぁあぁうぅ……それ、いいの……いいの……」

美保がまた膣をぎゅ、ぎゅっと締めつけてくる。

「くっ……！」

洋平は奥歯を食いしばって射精をこらえ、乳首にしゃぶりついた。

カチカチの突起を舌で上下左右に弾き、甘噛みする。

「くうぅぅ……！」

美保がのけぞって、またまた膣が屹立を奥へと吸い込もうとする。

それに合わせて、洋平はぐいと奥へ打ち込んでみた。ぐちゅっ、と先端が子宮口を打って、

「ぁあああ……！」

美保は口から手を離して、両手でシーツをつかんだ。

洋平ももう長くは持ちそうにもなかった。ならば、ここで一気にスパートして、美保に絶頂を味わってもらいたい。

洋平は片手で乳房を揉みしだき、乳首を捏ねる。そうしながら、もう片方の手を

ベッドに突いてバランスを取り、強く打ち据えた。

大きな振幅で如意棒が体内を深々とうがって、

「ぁあああっ……！」

美保は泣いているような声を洩らした。

白い乳房が荒々しく揉みしだかれて形を変えている。乳首が痛ましいほどにそそりたっている。

そして、打ち込むたびに、もう片方の乳房がぶるん、ぶるるんと縦揺れして、

「ぁあああ、ぁああああ……！」

美保はもう「あん」とは喘がずに、今はすすり泣くような声を洩らしつづける。

きっと、快感が喫水線を超えてしまっているのだろう。

ほっそりした喉元をさらし、全身を揺らして、もう何が何だかわかないといった表情でただただ打ち込みを受け止めている美保。

洋平はセックスの醍醐味のひとつはこれなんだと思った。

美保のように旅館の若女将という地位を持った美女が、自分ごときのおチンチンでよがって、我を忘れている。

きっと、男も女もこの瞬間を忘れられなくなって、ついついセックスに溺れてし

まうのだ。

世の中の原理がひとつ、はっきりとわかったような気がした。

洋平はもう一度、両膝の裏をつかんで、足を押しあげた。屈曲させて、上から打ちおろし、途中でしゃくりあげる。

こうしたほうが、亀頭部が膣の内部をしっかりと擦れるような気がしたのだ。

打ちおろして、しゃくりあげる形を繰り返していると、美保の様子がますます逼迫してきた。

「もう、もうダメっ……イキそうなの。工藤さん、わたし、イッてしまう」

美保が下から訴えてきた。

いつもは涼しい目が今は熱に浮かされたようにぼぅとして鈍く光り、何かを哀願するような表情を浮かべている。

「ああ、美保さん、俺も、俺も……」

「ぁああ、ちょうだい。ちょうだい。欲しいの」

美保が訴えてくる。

「いいんですか？」

「いいのよ。いいのよ……ぁああ、今よ、今よ！」

美保が潤みきった瞳を向けた。

（よし……！）

洋平は射精覚悟で激しく打ち据えた。

下腹部や太腿が当たるパチン、パチンという音がして、切っ先が奥深いところに嵌まり込んでいって、

「あんっ、あんっ、あんっ……イクわ、イク、イク、イッちゃう……！」

美保が両手でシーツを鷲づかみにして、顔をぐっとのけぞらせる。

洋平もここぞとばかりに連打した。ぎりぎりまでふくれあがったカチカチの肉棹が力強く体内をうがっていき、

「……イクぅ……やぁあああああぁぁぁぁ！」

美保が部屋中に響き渡る嬌声をあげて、のけぞり返った。

その瞬間、膣が収縮して、そこにもうひと突きを浴びせたとき、洋平も目眩く絶頂へと押しあげられた。

ぐっと結合部分を押しつけながら、熱い男液をしぶかせる。

すると、美保の膣は精液を一滴残らず搾り取ろうとでもするように、奥のほうが締まって、

（ぁああ、吸い込まれるぅ！）

洋平は歓喜のなかで、ぴったりと下腹部を密着させる。

熱い男液が搾り取られていき、最後はもう一滴も残っていなかった。

それは洋平がこれまで体験した射精でも最高の快感だった。

第五章　新しい恋人

1

「洋平、Ｍ旅館の若女将と寝たわね？　証拠はあがってるのよ。いえ、寝たことを非難しているんじゃないの。問題はそこに、あなたの引き抜きがからんでいることなのよ。竹内美保の身体と引き換えに、あそこの広報係を引き受けさせられた。そうよね？」

二日後、チーフの部屋で神崎日菜子が鋭い視線を送ってくる。

「あ、いえ……その……」

「しらばくれようたって、無駄よ。こっちは、Ｍ旅館の女将から、じつはこういうことがあったのだけども、その約束はなかったことにしてください、と言われているの」

「えっ……？」

洋平は呆然としてしまった。

Ｍ旅館の女将はもう七十歳近い、土石流で亡くなった美保の夫の母親である。

「じつは、あそこは前から若女将と女将の軋轢を抱えていたのよ。女将はもう歳だし、あまり口を挟まないようにしていたようだけど、さすがに今回の件には、ブチ切れたみたいね。息のかかった仲居から、きみと若女将の関係を聞けば、そりゃあ、ブチ切れるんじゃないの。亡くなっているとはいえ、自分の息子をバカにされたと感じたんだと思う」

日菜子が椅子を回転させて、洋平のほうを向いた。

さっと腕を組んで、まっすぐに見据えてきた。

「だから、もう、竹内美保とは逢わないようにしてちょうだい。あそこのＷＥＢサイトの管理もうちの山内に引き継がせる。わかったわね？」

刺すような視線を浴びると、洋平はぞっとして、すくみあがってしまう。

非はこちらにある。自分が美保の肉体に負けて、チーフや会社を裏切ったのだ。

「わかりました。すみませんでした！」

洋平は素直に頭をさげた。

「本当は何らかの処罰を与えなくていけないんでしょうけど、それはしないから、このまま普通に働いて……その代わり……ここの仲居の夜這いを受け入れないようにして。強く拒みなさい。わたしも今ここで何が起こっているか、だいたいはわかっているつもり。わたしは社員を守らなくちゃいけない立場なの……でも……」

日菜子が悔しそうに唇を噛んだ。

たぶん、社員を守らなくてはいけない立場なのに、このＳ温泉旅館のマネージャーに抱かれていて、それを女将に知られてしまい、仲居と社員との夜這いを強く拒めない自分に腹を立てているのだろう。

理性ではわかっていても、好きな男に身を任せることの快楽に自分を律することができないのだ。

（ああ、この人もやっぱり女なんだな）

洋平はむしろ、そんな日菜子をとても人間らしく、愛おしい身近な存在に感じた。

「もう、いいわ。仕事に戻って」

日菜子が椅子を回転させた。

「すみませんでした」

洋平は深々と頭をさげ、部屋を出た。

落ち込んだ日々がつづいた。

そんなとき、洋平の心を救ってくれたのは、旅館の売店の店員である石原優子の笑顔だった。

二十三歳のボブヘアの愛らしい女の子で、前から洋平はこの子のことが好きだった。

毎日のように店に顔を出して、いつものようにこの地方の特製カップ麵を購入するのも、優子の笑顔に癒されたいからだ。

先日は、洋平の様子を見て、

『大丈夫ですか？』

と、優子は心配そうに声をかけてくれた。

『いや……』

『最近、すごく暗い感じがします。何かあったんですか？』

『いや、何でもないから……今日もあのカップ麵をもらおうかな』

洋平は努めて明るく振る舞った。

しかし、その後も洋平の状態は改善しなかった。

（どうにかしないと、どうにかしないと……！）

その日の昼休み。売店に顔を出した洋平に、優子が話しかけてきた。

「あの……最近の工藤さん、すごく落ち込んでいるように見えます。ほんとうに大丈夫ですか？　もしよかったら、わたし、相談に乗りますよ。大したことは言えないと思うけど……」

自分を気づかってくれる人がいることが、こんなにも元気をもらえることなのか……。

洋平は今しかないと、誘ってみた。

「じつは、いろいろあって……今度、話を聞いてもらえると助かります」

「いいですよ。いつにします？」

優子が柔和な笑顔で迎えてくれたので、洋平は心が一気に晴れた。

「優子ちゃんのここの休みはいつ？」

「わたしは、火曜日が休みです」

「じゃあ、火曜日の午後にしようか……」

「お仕事、大丈夫なんですか？」

「うちは週に二日、都合のいい日に休めるから、大丈夫です」

「よかった。じゃあ、火曜日に……どうしますか？」

「S寺とかに行きませんか？　それから、展望台にのぼってもいいし……」

「いいですね。そうしましょう」

優子が積極的なので、デートの経験がほとんどない洋平としてはすごく助かった。

いつもの特製カップ麵を購入して、店を出た。

さっきまでの沈んだ気分がウソのように晴れていた。

そして、三日後。

洋平は優子と待ち合わせをして、S寺に向かっていた。

山登りがあるから、優子は長袖のブラウスシャツを着て、クリーム色のパンツを穿いている。日焼けしないように縁取りある帽子をかぶっていた。

やや小柄だが、手足は長い。だが、胸も尻もむちむちしていて、健康美に輝いている。

藁葺き屋根の美しい拝殿の前で、二人で手を合わせる。

定番どおりに『何をお祈りしたのか』と訊ねた。すると、優子も定番どおりに『言えません。だって、口にしたら叶わなくなっちゃうんでしょ？』と答えた。

五月晴れのすがすがしい空の下で、同年齢の女の子と他愛もない会話をつづけていると、

（ああ、俺は今、デートをしているんだ！）

ひしひしと実感した。これまでの人生で、デートらしいものをしたことがなかったのだ。

わくわく感のなかで寺院を出て、二人は谷川沿いを歩き、それから、展望台へと向かう。

以前に、竹内美保と歩いた道だ。

一時はとてもいい感じだったのに、今は美保と逢うことさえできない。複雑な気持ちだった。

しかし、これでよかったのだと思う。

もしあのままだったら、自分は会社や日菜子チーフを裏切ることになった。

山道を登っていくうちに、息が切れてきた。

「大丈夫ですか？」

後ろから、優子が声をかけてくる。

「ええ……運動不足がたたってるみたいだな」

「後ろから押しましょうか？」

優子が下から洋平の腰のあたりを押してくれる。

それだけで、すごく楽になった。

しかし、何だか恥ずかしいし、腰に触れた手を感じると、その感触が伝わっていって、股間のものが力を漲らせる気配がある。

股間が突っ張って、ますます歩きにくくなってきた。

「優子ちゃんが前を行ってくれないか？　押してもらうのは、申し訳ないし、きみだって疲れるだろうから」

適当な言い訳を作って、提案した。

「わたしは全然大丈夫です。高校生のときは、バスケ部だったんですよ」

「そりゃあ、すごい。俊敏そうだし、そんな気がしてた……でも、ほんと悪いから、きみが先に歩いて」

「……わかりました。そんなに言うなら」

と、優子が前に出た。

歩き出す。力強く一歩、また一歩と登っていく。

洋平も置いていかれないように必死にあとを追う。前を見ると、パンティラインがくっきりと浮かびあがっていた。

クリーム色の綿パンがむっちりとしたヒップに張りついている。そして、尻たぶの下側の左右にパンティラインがあからさまに透け出しているのだ。
よく見ると、太腿の奥の基底部の前のほうにも、くっきりとした窪みが走ってい
る。これは、パンティラインではない。
(ひょっとして、オマ×コのスジか?)
普通この角度では女性器の亀裂なんて見えないだろう。ということは、モリマン
でよほど深く切れ込んでいるのか?
想像を逞しくしたとき、また、股間のものがぐんと力を漲らせてきた。
突っ張って、歩きにくい。息もあがっている。
(ああ、くそ……今、ここでフェラしてもらえたら……)
そのシーンを想像してしまって、ますます歩きにくくなっていた。それをこらえ
て登っていき、どうにかして展望台にたどりついた。
小さな公園になっている場所に出ると、いきなり、優子が振り返った。
とっさに股間のふくらみを隠したのだが、すでに、時遅しだった。絶対に、優子
も勃起に気づいたはずだ。
その証拠に優子は大きく目を見開いた。それから、ふっと目を伏せて、しばらく
もじもじしていた。

「ゴメン……きみのお、お尻を見ていたら、こんなになって……すまない」

この気まずい雰囲気を打開しようとして、謝った。

「もう……もしかして、わたしのお尻を見たくて、前に出させたんですか？」

「いや、違う。それは断固違うよ。あれは、たんに腰を押してもらって、きみが疲れるだろうなって……ほんとだよ」

「……わかったから、もういいから……ほら、すごくきれいよ。今日はとくに空気が澄んでるから、遠くの山がくっきりと見える」

展望台に立って、優子が言う。

洋平もそのすぐ隣に立つ。

近くの山々の向こうに、重なり合うようにして、高い山々が見える。確かに今日は天気がよくて、この前はぼやけていた北アルプスの高い山嶺がはっきりと見える。

「普段はなかなか、ここまできれいに見られないんですよ」

優子が言って、さり気なく身体を寄せてきた。

(今しかない。向こうから来てくれたんだから)

洋平は断崖から飛びおりる覚悟で、おそるおそる右手を優子の肩にまわした。

触ったとき、優子はぴくっとしたが、拒むようなことはしない。

肩を強く抱き寄せると、優子は前にまわり、顔をあげてそっと目を閉じた。

(キスを求めているんだ。ここはためらわずにキスだ……)

洋平は顔を傾けて、唇を合わせていく。

ぷるるんとした唇に触れた。唇を重ねて、抱きしめる。

すると、優子も洋平の背中におずおずと手をまわしてくる。

(ああ、俺は今、好きな女とデートして、キスをしている！)

歓喜の波が走りぬけた。

いったん唇を離して、優子を見る。優子は恥ずかしそうに目を伏せた。それから、自分から顔を寄せて、唇を合わせてくる。

両手を洋平の背中と腰にまわして、抱きしめながら、おずおずと舌を差し込んできた。

そのぬるっとした小動物みたいな舌を受け止めて、洋平も舌をからめる。

すると、優子はますますぎゅっと抱きついてきた。

そうやって、柔らかな胸のふくらみを感じているうちに、股間のものがいっそうギンとしてきた。ズボンを突きあげたその頂点が、優子の身体のどこかに触れている。

優子がキスをやめて、言った。

「さっきから、硬いものが当たってるよ」

「ああ、ゴメン……」

「いいのよ。こんなに硬くしてくれて、すごくうれしい」

優子は想像以上にやさしくて、エッチだった。

ズボンのふくらみを触って、おずおずと撫でてくる。それだけで、洋平のイチモツはいっそう猛々しくそそりたつ。

「ゴメン……」

「いいよ。それだけ、わたしに感じてくれているってことだから」

優子はズボン越しに勃起をさすりながら、キスをしてくる。

この展望台には二人だけで、人影はない。

洋平もキスに応えて、優子の舌先を舐め、さらに、唇を合わせる。その間も、優子は情感たっぷりにイチモツをさすりあげてくれる。

洋平はキスをやめて、言った。

「ダメだ。これ以上されたら、我慢できなくなってしまう」

「……わたしも、もう我慢できないかもしれない」

そう言って、優子が恥ずかしそうに目を伏せた。

2

洋平は優子の手を取って、四阿（あずまや）に向かった。

公園の奥のほうにある小さな四阿で、たとえ人が来ても、あそこなら来たのがわかるから、対処できるはずだ。

藁葺き屋根の四角い休憩所で、なかには周囲に沿って座ることのできるベンチのようなものがあった。

「ここなら、見つからないと思って」

「恥ずかしいよ」

「平気だよ。ほら、まだこんなだ」

優子の手を取って、ズボンを突きあげているものに触れさせた。

「ほんと、すごいんだから……そこに座って」

言われて、洋平はベンチに腰かけた。

すると、優子が前にしゃがんだ。

そして、ズボン越しにいきりたつものに頬擦りしてきた。

「あっ、くっ……！」

イチモツがびくんと頭を振った。

「触ってもいい？」

「も、もちろん」

優子はすごく積極的だった。

見る間にズボンがさげられて、ブリーフも膝までおろされる。

恥ずかしいほどに屹立したイチモツが陰毛のなかで、そそりたっていた。

「わたし、いつもこんなんじゃないのよ。工藤さんが落ち込んでいるから、元気づけたくて」

優子が見あげて、言う。陰毛の向こうで、つぶらな瞳がきらっと光った。

「ああ、ありがとう。すごく、元気が出ると思う。あとで、相談に乗ってほしい」

「わかった。その前に、元気をあげる……誰か来たら、教えてね」

そう言って、優子が顔を寄せてきた。

勃起をつかんで、亀頭部にちゅっ、ちゅっとキスを浴びせた。途端に、分身が躍りあがると、

「すごく、元気」

見あげて、うれしそうな顔をする。

「ああ、優子ちゃんだからだよ。俺、本当はずっときみが好きだったから」

「それで、毎日、店に来てくれたんでしょ？」

「ああ……」

「わかってたわ、工藤さんの気持ち……わたしも、工藤さんに逢うのが愉しみで、店に出ていたのよ」

「ほんと？」

「ええ……ほんと。証拠を見せるね……人、来ない？」

「ああ、大丈夫みたいだ」

次の瞬間、優子が亀頭冠にそっと唇をかぶせてきた。

ストロークはせずに、なかでねっとりと舌をからめてくる。

（ああ、これは……！）

ストロークしていないのに、裏側に舌が強めにまとわりつき、その刺激がすごく気持ちいい。見ると、左右の頰が凹むほどにチューッと吸いあげている。

（ほんと、この村の女たちはみんなフェラが上手だ。ぁああ、全体がすっぽりと優子の口のなかに……！）

優子は唇が陰毛に接するほどに深く咥えて、そこでなおもねろねろと舌をからませ、吸いあげる。

分身が温かい口腔に覆われて、おチンチンを寸分残らず頬張られているという至福感がある。

優子がゆっくりと顔を振りはじめた。

やや厚めのふっくらとした唇がOの字になって、勃起の表面を静かにすべっていく。

それにつれて、甘美な陶酔感が少しずつひろがってくる。

決して巧みだとは言えない。だが、とても情熱的だ。一心不乱に男のものを頬張り、少しでも気持ち良くなってもらいたいという気持ちが伝わってくる。

この子はいい。何もするにも一生懸命で、迷いがない。

洋平はどちらかというと優柔不断な性格だから、こういうはっきりとした姓格で、努力家でまっしぐらの女の子にはすごく惹かれる。自分と合うと思う。

うねりあがる愉悦をこらえ、外を見て、人影がないことを確かめる。

優子はちゅぱっと吐き出し、肉柱を握ったまま訊いてきた。

往復させる。

「ああ、来ないみたいだな」

優子は右手で根元を握り、しごきながら、それと同じリズムで顔を振って、唇を往復させる。

（ああ、気持ち良すぎる！）

快感で狭くなった視界には、雲ひとつない青空と、新緑をたたえた山々の姿が見える。

ぐちゅぐちゅと淫靡な唾音がして、下を見ると、優子が根元を握りしごきながら、情熱的に亀頭冠をしごいてくれている。

ジーンとした痺れにも似た快感がうねりあがってきた。

「ああ、出てしまうよ」

「……いいよ、出しても。ゴックンするから」

「でも、せっかくだから、今、きみとここでつながりたい」

「人が来たら、どうするの？」

「大丈夫、誰も来ないよ。来たとしても、俺が見てるから、すぐにやめればいい。ゴメン、もうこいつがギリギリで、早くきみのなかに入りたがっているんだ」

「……わかった。でも、周りには気をつけててね」

優子は綿パンに手をかけて、純白のパンティとともに膝までおろした。そして、ベンチに両手を突いて、腰を後ろに突き出してきた。

洋平はせまってきた尻をさらに引き寄せ、そこにしゃがんだ。

「どうするの？」

「クンニをしたいんだ」

「恥ずかしいよ。シャワーも浴びていないし……」

「大丈夫。きみのここは清潔だし、とってもいい匂いがする。男をそそる匂いだ」

そう言って、洋平は優子の秘密の花園に顔を寄せる。

左右対称のふっくらとしたこぶりの陰唇がわずかにひろがり、褶曲（しゅうきょく）している。びらびらの外側は蘇芳（すおう）色に色づいているが、その内側は鮮やかなサーモンピンクにぬめ光っていた。

陰毛は天然のまま繁茂していて、そのびっしりとした密度感が優子の持っている情の強さを思わせた。

洋平は静かに狭間を舐める。

いっぱいに出した舌で肉びらの間の粘膜をなぞりあげていくと、

「ぁああ、くっ！」

優子が喘ぎ声を押し殺して、背中を反らせた。

「気持ちいい？」

「はい……恥ずかしいけど、気持ちいい……ぁあああうぅぅ……」

優子は出そうになる声を必死に押し殺しながら、がくん、がくんと腰を躍らせた。

パンツが膝の途中で止まっているから、あまり足をひろげることはできない。その不自由さを、どこかエロく感じてしまう。

洋平はぬめりを丁寧に舐める。足は肩幅以上には開かない。したがって、膣もそう開かない。それを丹念に舐めていると、じゅくじゅくと蜜があふれて、

「ぁああ、もう、もう……」

優子がくなっと腰をよじった。

洋平はすでにギンギンに屹立しているものを、そっと膣口に押しつけた。

結合部分を見ながら、ぬるぬると切っ先を擦りつける。一段と濡れて、落ち込んでいる個所に突き刺していく。

すると、狭い入口を通過していく確かな感触があって、

「うあっ……！」

優子は生臭い声を洩らして、顔を撥ねあげた。

洋平もうっと呻いて、動きを止めた。

（ああ、すごい……締まってくる。吸い込まれる！）

優子はこれまで抱いた村の女性のなかでいちばん若い。それでも、これは『タコツボ』と言うしかない。

奥へ向かうにつれて熱くなる体内が、ぎゅっ、ぎゅっと締まって、分身を奥へと導こうとする。

（未亡人村のタコツボ女たちか……！）

性的な快楽や充足感だけを考えるなら、洋平は絶対にこの村に住みたい。

くいっ、くいっとした緊縮を感じながらも、一応、外には気を配っている。大丈夫だ。小さな公園には誰もやってこない。

考えたら、この村のように辺鄙で人口や観光客が少ないところは、アウトドアセックスの天国だ。

（ああ、すごい解放感がある。こんなの初めてだ！）

かるくウエストを引き寄せて、ずりゅっ、ずりゅっとイチモツを食い込ませていく。下を見ると、こちらに向かって突き出された見事なハート形のヒップの底に、猛りたつものがすべり込み、出てくるところがはっきりと見える。

顔をあげれば五月の澄んだ青空と北アルプスの山々が、目に飛び込んでくる。

そして、下を向けば、血管の浮かんだ肉柱が、蜜をすくいだしながら、尻たぶの底へと姿を消し、出てくるところが見える。

抜き差しをするたびに、

「あっ……あんっ、くっ……あっ」

優子の抑えた喘ぎが聞こえる。

仄白い、ぷりっとした、たおやかなヒップを感じながら、腰を打ち据えていると、優子の様子がさしせまってきた。

「あん、あんっ……ぁああ、立っていられない」

優子ががくん、がくんと膝を落とす。

（こういうときは……）

洋平はちょっと考えて、ＡＶで学んだことを実行に移す。

いったん結合を外して、優子にパンツとパンティを脱いでもらう。そして、洋平はベンチに座って、指示をした。

「ゴメン。向かい合って座れる？」

優子は小さくうなずき、靴を脱いで、ベンチにあがった。蹲踞の姿勢で洋平の膝をまたぎ、いきりたつものを握って、導いた。濡れ溝に擦りつけてから、静かに沈み込んでくる。

イチモツが熱い滾りにぬるりと嵌まり込んでいって、

「はうぅ……！」

優子がぎゅっとしがみついてきた。

「大丈夫？」

「ええ……」

洋平は目の前にある優子の顔を引き寄せて、キスをした。

ふっくらとした唇を吸い、舐め、重ねると、優子は自分から唇を強く重ねながら、腰を振る。

優子は様々な角度からキスを浴びせながら、しがみつくようにして、腰をぐいぐいと前後に揺すって、濡れ溝を擦りつけてくる。それから、今度は円を描くようにまわす。

「ぁああ、くっ……すごい。気持ちいいよ」

「そう？」

「ああ……」

「もっと、できるよ」

そう言って、優子は今度は腰を上下に振りはじめた。まるでスクワットでもするように腰を落とし、根元まで呑み込んだところで、ぐりんぐりんと捏ねてくる。

それからまた腰をあげていき、ストンッと落として、腰をグラインドさせる。

「ぁああ、気持ちいいよ……」

「わたしも……わたしも……」

「フィニッシュしたくなった。いい？」

洋平はいったん結合を外して、優子をベンチに這わせた。

自分は片足をベンチにあげ、もう一方の手を地面に突いて、後ろから嵌めていく。

「ぁああ……すごい。工藤さん、すごい……」

優子がベンチの縁を手でぎゅっと握った。

少しずつ打ち込みのピッチをあげていくと、優子もいっそう感じてきたのか、

「ぁああ、気持ちいい。自然のなかでするって、気持ちいい……それに、工藤さんのおチンチンを感じる。わたしのなかにいる。おチンチンがわたしのなかにいるの

……ぁあああああ、あんっ、あんっ、あんっ、あんっ……」

華やいだ声をあげて、顔を上げ下げする。

「手をこっちに」

言うと、優子が右手を後ろに差し出してきた。

洋平はその腕をつかんで、後ろに引き寄せる。後ろからのけぞるようにして打ち込んでいく。

強い衝撃が送り込まれているのがわかる。

下腹部と尻がぶち当たって、ピタン、ピタンという乾いた音が大自然のなかに響く。そして、優子は一気にさしせまってきたのか、

「あん、あん、あんっ……ぁあああ、イキそう……わたし、恥ずかしい……イッちゃうなんて、恥ずかしい……」

必死に後ろを見る。

「いいんだよ。イッてくれたほうがうれしい……俺も、俺も……ぁあああ、すごい。こんなの初めてだ……うおおお！」

洋平は右腕をつかんで引き寄せながら、のけぞるようにして強いストロークを打ち込んでいく。

上体を半ば浮かした優子は、身悶えをしながら、

「あんっ、あんっ……イキそう。イキます……イっていいですか？」

かわいらしく訊いてくる。

「いいよ。イッていいよ。俺も出していい？」

「いいよ、大丈夫な日だから……いいよ。出して……欲しい」

優子が言う。

「行くぞ。おおぅ……！」

洋平は周囲に人影がないのを確認して、吼えた。自分が獣になったようだ。

つづけざまに打ち据えたとき、

「イク、イク、イキます……イクぅ……うううううぁああ！」

優子は最後に生臭い声を洩らして、がくん、がくんと震えながら、どっと前に突っ伏していった。

3

展望台から降りても別れがたく、洋平は優子を宿舎にしているS温泉旅館別館の

自分の部屋に誘った。

『でも、見つかったら……』

と、優子はためらったが、

『大丈夫だよ。裏口から入れば……それに、まだみんな仕事しているから、部屋に直接行けば、大丈夫だから』

強引に誘ったところ、優子もついてきた。

二人は温泉で汗を流し、部屋へ来た。

優子も洋平も着替えて、浴衣を着ている。

浴衣姿の優子は日本的情緒をたたえて、いつも以上に愛らしかった。

部屋にはすでに布団が敷いてある。

洋平は我慢できなくなって、優子を布団にそっと寝かせ、キスをした。ちゅっ、ちゅっとついばむようなキスをして、優子を上から見る。

つぶらな瞳をきらきらさせて、優子が見あげてくる。

「夢のようだよ」

洋平が言うと、

「わたしも……」

優子が答える。

「わたしも、ずっと待っていたんだと思う。誘ってくれるのを」

「……ゴメン。なかなか言い出せなくて……」

「悩みのほうはどうなったの？　何が悩みだったの？」

優子がぱっちりとした目を向ける。

「仕事でちょっと失敗してね。いろいろあって、その仕事から外されたんだ……でも、俺がいけなかったんだし……」

洋平はそう言う。

もちろん、本当のことは教えられない。

「それで、もう心の整理はついたの？」

「ああ……さっき優子ちゃんに、ア、アレをしてもらったら、いっぺんに悩みがなくなった。ありがとう。きみの存在はすごく大きいんだ。落ち込んでいるときも、きみの笑顔が見たくて、売店に行ってたし。きみの笑顔が俺を癒してくれるんだ」

気持ちを伝えると、優子はじっと下から真剣な眼差しを向け、それから、ぎゅっと洋平を抱き寄せて、耳元で言った。

「うれしいです。わたしも工藤さんが好き。工藤さんが落ち込んでるときなんて、こっちまで胸が痛くなって、見ていられなかった。さっきはすごく恥ずかしかったけど、あれで工藤さんが少しでも元気になってくれたのなら……」

その愛情あふれた言葉で、洋平の気持ちは完全に決まった。

「優子ちゃん……順番が逆になっちゃったけど、正式にきみとつきあいたい。つきあってもらえますか？」

真摯に問うた。

「もちろん……わたしでよければ」

「きみだから、いいんだ」

言うと、優子がぎゅっと抱きついてきた。

熱い思いが込みあげてきて、洋平は優子にキスをした。

唇を重ねながら、オッパイを揉んだ。

じかに見たくなって、浴衣の腰紐を外した。抜き取って、浴衣を脱がす。

あらわになった優子の肢体はつくべきところに肉がついた女らしい曲線を描いていて、色白でむちむちっとしていた。

優子は胸のふくらみを覆っている。それでも、手のひらからこぼれる乳房はたわわで、隠していても大きくて、張りつめているのがわかる。

片膝を立てて急所を隠しているが、細長い翳りはびっしりと密生して、その濃い陰毛が優子の秘めた激しい情欲を現しているように見えた。

「きれいだ。オッパイ、すごくきれいだ」

そう言って、優子の手を胸から外した。そのまま左右に押さえつける。

優子が大きく顔をそむけた。

「ほんと、きれいな胸だ。乳首もピンクだし……触っていい？」

求めると、優子がこくりとうなずいた。

洋平は左右の乳房をつかみ、外側から中心に向けて、じっくりと撫でまわす。

それから、揉みあげると、柔らかくてしなやかな肉層に指が沈み込み、まとわりついてくる。指がかすかに乳首に触れた瞬間、

「あんっ……！」

優子がびくっとして、顔をそむけた。

すごく感度がいい。さっきもそうだった。

人差し指で先端をかるく捏ねた。すると、淡いピンクの突起が一気に硬くしこってきて、

「んんっ……んんんんっ……ぁあああ、それダメっ……」

優子が見あげて、いやいやをするように首を振る。

洋平はしこってきた乳首を舐めた。

向かって右側の乳首を丁寧に上下に舐め、左右に弾いた。

「あっ、あっ……」

突起を刺激するたびに、優子は敏感に反応して、がくっ、がくっと震える。

洋平もいっそう昂って、左の乳房を揉みしだき、突起を指で転がす。

ここへ移住してきたときには、半分童貞みたいなもので、どうしたら女性を悦ばせることができるのか、てんでわからなかった。

だが、今は何となくわかるようになった。

洋平はもう片方の乳首を舐めしゃぶり、反対の乳首を指でかるく押すようにして、捏ねてみた。

すると、それが感じるのか、

「あっ……ぁあああ……工藤さん、わたし、すごく感じるの」

優子が言う。

「あ、あの……ひとついい？」

「何？」

「その工藤さんって、やめてくれないかな」

「どう呼んだらいいの？」

「……名前でいいよ」

「じゃあ、洋平さんでいい？」

「いや、呼び捨てでいいよ。洋平で。そのほうが、距離が縮まるよ」

「わかったわ……洋平……」

優子が見あげて言って、恥ずかしそうに頬を染めた。

(ああ、何てかわいいんだ！)

洋平は乳房に顔を埋めて、その柔らかな弾力を味わった。

それから、顔を少しずつおろしていく。

ちゅっ、ちゅっとキスを腹からさらに下へと移し、足の間に腰を割り込ませた。

真下から膝をすくいあげ、あらわになった女の花肉にキスをする。

「あっ……あっ……ぁああん、恥ずかしい。見ないで……恥ずかしい」

優子が内股になって、ぎゅうと股間を締める。

「きれいだよ。優子のここ、すごくきれいだ。かわいくて、ぷっくりしていて、入れるとすごく気持ちいい。ぎゅんぎゅん締まってくるし、奥へと吸い込まれる」

洋平は素直に伝える。

「……うれしいけど、恥ずかしいよ」

「恥ずかしがる必要なんて、ひとつもないよ」

そう言って、洋平は狭間にしゃぶりついた。

わずかに温泉の風味があって、ふっくらとした肉びらの狭間に舌を走らせると、ぬるっ、ぬるっと舌がまとわりついて、

「あっ……あっ……」

優子がびくっ、びくんっと下半身を痙攣させる。

こぶりだが肉厚の陰唇が開いて、鮮やかなサーモンピンクにぬめる粘膜が姿を現した。

その鮮烈な色をした肉襞を何度も舐めた。

「ぁあああ、あああああ……いいの。洋平の舌、すごく気持ちいい。ぁあああ、ぁあああ、うっとりしてしまう」

そう喘ぐように言って、優子は舌の動きにつれて下腹部をせりあげる。

欲望を隠せないその動きが、洋平をかきたてた。

優子はとてもきれいな心をした女の子だと思う。だが、肉体はとても感じやすく、

貪欲だ。

この村に来る前の洋平なら、きっと違和感を覚えただろう。

だが、この村で女たちの洗礼を受けた今、洋平は性的な奔放さを持っている女性を認められるようになっていた。むしろ、魅力を感じるようになっていた。

（よし、もっと感じさせてやる。優子をとことん感じさせてみたい）

肉びらの狭間を舐めあげていき、その勢いのまま上方の肉芽をピンと弾くと、

「あっ……！」

優子は一段と鋭い反応を見せて、びくんと撥ねた。

やはり、クリトリスが強い性感帯なのだ。

洋平はじっくりと舐めた。包皮をかぶせたまま、下から舐めあげて、舌先で突起を弾く。全体を頬張って、かるく吸ってみた。

「ぁあああ……すごい、感じる。洋平、すごく感じるぅ！　ぁあぁうぅぅ」

優子はのけぞりながら、片手を口に持っていって、喘ぎを抑えた。

ここぞとばかり、洋平は包皮を剝いた。

二本の指でフードを引っ張って脱がし、あらわになった小さな真珠をちろちろと舐めた。表面をかるく舌で擦るだけで、

「んっ……あっ……ぁあああぁうぅぅ」

優子はくぐもった声をあげ、もっととでも言うように恥丘をせりあげて、擦りつけてくる。

洋平は剝きだしになった肉真珠を上下に舐め、左右に舌で弾いた。

舌は上下よりも、左右に弾いたほうが使いやすい。

れろれろっと左右に撥ねると、

「ぁあああぁぁ……はあ、はあ、はあ……ぁあああうううぅぅ」

心底から感じているという声をあげて、優子は足をピーンと伸ばし、足指を開いて、反らせた。

その様子を見ていると、いかに優子が感じているかが伝わってきて、洋平はますますやる気になる。

いったん顔を放すと、もっとしてとばかりに優子は自分から下腹部を持ちあげて、誘ってくる。

（こういうときは指で……）

笹舟形の下のほうに、窪んだ個所があって、じゅくじゅくと蜜があふれだしていた。その周辺に指を添えて、かるく刺激すると、

「あんっ……いや、そこ……欲しくなっちゃう。欲しくなっちゃう！」

優子がかわいいことを口走る。

洋平は右手の中指を膣口にそっと添えた。入口をかるく伸ばすようになぞっていると、

「ぁああ、欲しい……欲しいよぉ」

優子が自分から指を招き入れようと、腰をつかう。

ちょっと力を込めただけで、中指がぬるぬるっとなかへと引き込まれていき、

「くっ……！」

その指を柔襞が締めつけてきた。

強い吸引力を感じながら、中指で天井側のスポットをさぐってみた。ちょっとざらざらした個所があって、そこを指腹で擦った。つづけていくうちに、優子の様子がさしせまってきた。

「ぁあああ、ぁあああ、そこ、いいのぉ……」

そう口走って、ぐいぐいと締めつけてくる。

洋平は中指でGスポットを擦りながら、左手を胸のふくらみに伸ばした。

汗ばんでいる乳房を揉みあげ、中心で尖っているものを指で押しながら捏ねる。

そうしながら、中指で膣の天井を叩くようにして擦った。

「ぁああ、ダメっ……イッちゃいそう……いやよ、いや……洋平のそれが欲しい。それでイカせてください」

優子が熱に浮かれたように言う。

4

洋平は両膝をすくいあげて、右手で屹立を導き、濡れ溝に押し当てた。

慎重に腰を入れていくと、切っ先がとても窮屈な入口を突破して、ぐぐっと奥へと嵌まり込んでいく感触があって、

「ぁああああああ……！」

優子が仄白い喉元をいっぱいにさらした。

（ぁああ、すごい……奥へと引き込もうとする！）

洋平は奥歯を食いしばって、その締めつけをこらえた。

膝を放して、そのまま前に上体を預け、優子の肩口から手を差し込んで、小柄な肢体をぐっと抱き寄せる。

「ぁああ、洋平……！」

優子が下からとろんとした目で見あげてくる。

「好きだ。きみが大好きだ」

思いを口にして、唇を合わせた。

すると、優子は両手を首の後ろにまわして、洋平をぎゅっと抱き寄せながら、激しく唇を重ねてくる。

どちらからともなく舌がからみあい、口蓋を舐めあい、唇を吸っていた。

洋平は今、好きな女と唇を合わせながら、下腹部でもつながっているのだ。

キスをしながら、かるく腰を動かしてみた。

ずりゅっ、ずりゅっと熱い膣を捏ねる感覚があって、

「んんっ……んんんっ……んんんっ」

優子はくぐもった声を洩らしながら、ぎゅっと洋平にしがみついてくる。

M字に開いた足で、洋平の腰を包み込み、両手で洋平の首の後ろや背中を引き寄せて、突かれるままに身体を揺らす。

（ああ、俺は今、優子とひとつになっている！）

熱い思いが込みあげてきて、ごく自然に腰に力がこもった。

ぐいっ、ぐいっ、ぐいっとつづけざまに体内を突くと、

「ぁあ……いいの！」

優子はキスをやめて、顔をのけぞらせた。

「いいのか？」

「ええ、いいの……洋平のおチンチンがわたしを犯してくる。貫かれてる。わたし、洋平のおチンチンで貫かれてる……もっと、して……わたしをメチャクチャにして。お願い！」

優子がそう訴えてきた。

優子のような子にも、M的な心情があることに驚いた。きっと、メチャクチャにされたいというのは、多くの女の子が抱いている本音なのだろうと思った。

（よし、メチャクチャにしてやる！）

洋平は腕立て伏せの形で、腰をつかって、ぐいぐいと屹立をめり込ませていく。

「あんっ、あんっ、あんっ……」

優子は洋平の腕を、すがりつくように握って、甲高く喘ぐ。

突かれるたびに乳房をぶるん、ぶるるんと縦揺れさせて、顔をくしゃくしゃにしてしがみついてくる優子を、すごく愛おしいものに感じた。

この瞬間、お互いがお互いにとってなくてはならないものに昇華した気がした。

だが、もっとだ。もっと、優子を感じさせないと、メチャクチャにしたとは言えない。

洋平は上体を立てて、優子の足を曲げさせて、膝を上から押さえつけた。

その姿勢で、膝を閉じたり、開かせたりしながら、屹立を打ち込む。

左右の足を胸の前で屈曲させられ、その狭くなった肉路を勃起でこじ開けられて、

「あんっ、あんっ……ぁあああうぅぅ」

優子はそうせずにはいられないといった様子で、両手を伸ばして、布団のシーツをつかんだ。

打ち込まれるたびに、愛らしい喘ぎを放ち、シーツを皺が寄るほどに握りしめる。

洋平も追い込まれつつあった。

だが、もっとだ。もっと、優子を攻め抜いて、めろめろにしたい。

そのためには……。

優子のむっちりとした太腿を開かせ、自分の左右の腕を立てて、つっかえ棒にするようにして、足をM字に開かせた。

その状態で少し前に体重を預ける。

するとと、洋平の腕に押されて、優子の尻があがり気味になって、挿入の角度が変わった。

洋平も前のめりになっているので、勃起と膣の角度がぴたりと合って、ぐっと結合が深まったのがわかる。

「ぁああ、これ……！」

「どうしたの？」

「すごく奥に来てる」

優子が眉を八の字に折って言う。

「きついなら、やめるよ」

「ううん、そうじゃない。すごく奥まで入ってきてくれて、うれしいの」

「これでは、どう？」

洋平はゆっくりと慎重に抜き差しをする。

すると、いきりたつものが優子の体内をずりずりとうがっていき、

「ぁああ、すごい……すごい」

優子がとろんとした目で言う。

「俺もすごくいい」

うねりあがってくる愉悦を必死にこらえて、洋平はピストンする。前に屈んで、すらりとした足をM字に開かせ、のしかかるようにして勃起の先に体重を乗せる。そうやって、じっくりと埋め込んでいく。

この体勢だと、勃起がまっすぐに体内に入っていき、簡単に奥に当たる。奥のほうの扁桃腺みたいなふくらみが、亀頭冠にからみついてきて、すごく気持ちいい。

ひと突きするたびに、優子はぶるん、ぶるるんと豪快にオッパイを揺らせて、

「あんっ……あんっ……あんっ……」

顔をいっぱいにせりあげて、気持ち良さそうな声をあげる。

強く打ちおろしているせいか、突くたびに、優子の位置がどんどんずりあがっていき、頭が布団から落ちそうになる。

「ぁああ、今の好き……」

洋平は落ちないように優子の腰をつかんで、下のほうに裸身を引き戻す。すると、
優子が言う。

「今のって？」

「布団から落ちそうになるわたしを、引き戻したわ」

「あれがいいの？」

「ええ……すごく」

優子がうるうるした瞳を向けてくる。

（そうか……やっぱり、優子はM的なところがあるんだろうな。男に頼りたいんだろうし、強い男に惹かれるんだろうな）

では自分はどうかと言うと、全然頼りがいのない弱い男だ。

優子は弱みを見せた自分に同情して、好きになってくれた。しかし、たぶん、それだけではダメなのだ。

（頑張って、強い男にならないとな……）

洋平はもっと強く打ち据えたくて、優子の足を肩にかけて、そのままぐいと前に体重をかけた。

すると、優子の裸身が腰から二つに曲がった。

洋平の顔のすぐ下に、優子の顔がある。そこまで、優子の身体は折れ曲がっている。

洋平はそのまま体重をかけて、両手を布団に突いた。

「ぁああ、苦しい……」

優子が眉根を寄せた。

「つらいなら、やめようか？」

「ううん、いいの。男の人の重さが伝わってきて、すごく好き」

優子が下から潤みきった瞳を向ける。

「行くよ」

「来て……優子をメチャクチャにして」

「よし。メチャクチャにしてやる」

洋平は上から優子の表情をうかがいながら、打ちおろしていく。

杭打ち機みたいにまっすぐ下に向けて、勃起を打ち据える。すると、上を向いている膣口にマラがずぶりと嵌まり込んでいって、

「はうぅぅ……！」

優子が今にも泣き出さんばかりの顔をした。

「大丈夫？」

「ええ、大丈夫。そういうことは訊かなくていいから。わたしは大丈夫だから、好きなようにして。洋平が好きなようにして」

「わかった」

洋平はぐっと前に体重をかけて、優子の身体を折り曲げながら、いきりたつもの

を打ちおろしていく。ごく自然に、打ち込んでから、ちょっと上に向かってしゃくりあげるようにしていた。

するとそれが気持ちいいのか、優子の様子がさしせまってきた。

「あんっ……！　あんっ……！　いいの。いいの……許して、もう許して」

「や、やめようか？」

「そうじゃないの……許さないって言って、がんがん突いてくれればいいの」

「……ゆ、許さないからな」

洋平は遅まきながら言って、力強く打ちおろしていく。餅搗き（もちつき）の杵（きね）のような勃起が臼（うす）と化した膣を打って、

「ぁあん……！　ぁあん……！　ぁああ、もう、イク。イッちゃう。イクよ」

優子がぼぅとした目で訴えてくる。

「ぁああ、優子……俺も、俺も……」

「ください。ください……ぁあああ、あんっ、あんっ、あんっ……来るよ、来る
……イク、イク、イッちゃう！」

「そうら、イケぇ！」

洋平が深いストロークを送り込んだとき、

「……イクぅ……やぁあああああああぁぁぁ！」

優子が嬌声を噴きあげて、両手でシーツを鷲づかみにして、のけぞり返った。

(イッたんだな。俺も……！)

駄目押しとばかりに打ち据えたとき、洋平も至福に押しあげられた。

熱いエネルギーの塊が噴き出ていくときの歓喜が、背中を貫く。

放つ間も、ぐいっと下腹部を合わせている。

脳天が痺れるような射精で、尻が勝手に震えてしまう。そして、優子もがくん、がくんと痙攣している。

いったん止んだと思った噴出がまた起こり、そのたびに優子の膣もぎゅん、ぎゅっと締まって、残りの液を搾り取ろうとする。

打ち終えたとき、洋平は精根使い果たして、がっくりと覆いかぶさっていった。

はあはあと荒い息づかいがちっともおさまらない。

しばらくぐったりしていると、優子が下から髪を撫でてくれた。

第六章　残る人戻る人

1

一年後――。

長期間にわたって世界を震撼(しんかん)させた新型コロナも、ワクチン接種が進み、治療薬もできて、ようやくインフルエンザ並の扱いになった。

ひさしく減少していた温泉客も加速度的に増えてきた。

（そろそろうちも、東京に戻るんじゃないか）

社員がそう思いはじめていたとき、東京から藤掛社長がやってきた。

そして、社員を集めて、こう宣言した。

「我々は二週間後にここを明け渡して、東京のオフィスに戻る。オフィスはもう押さえてある。みんな、長い間、ご苦労だったな。ようやく、東京に戻れるんだ。喜んでいいぞ」

社員の間からも拍手が起こって、会社の帰京はスムーズに受け入れられたかに見えた。

しかし翌日の夜、洋平は先輩社員である樺沢浩之と伊藤伸二に『話があるから』と誘われて、樺沢の部屋に行った。

先輩の部屋で、ビールを呑まされて酔ってきたところで、

「いいか、ここからは秘密だからな。時が来るまで、誰にも話すなよ」

樺沢が声を潜めた。

「はい……あの、何でしょうか？」

「昨日、社長からうちが東京に戻るって話があったけど、俺たちは戻らない。ここに残る」

「えっ……？」

洋平は唖然とした。

「じつは、俺と伊藤はこっちに恋人ができてな……仲居の今井千鶴って知ってるだろ？」

樺沢が鼻を鳴らす。もちろん知っている。

三十五歳の色気むんむんの仲居で、彼女も六年前の土石流で夫を亡くしているは

ずだ。

「その千鶴と、もうだいぶ前からできちゃってな」

先輩の鼻の下がでれっと伸びた。

一度夜這い禁止令が出されたものの、日菜子チーフが罠に嵌まって、その禁止令は実質的に無効になった。

その仲居たちの夜這い攻撃を受けるうちに、樺沢は今井千鶴が気に入ってしまったらしい。

「で、昨日、東京に戻るって話をしたら、戻ってほしくないって泣くんだよ。昨夜はあっちのほうが激しくて、一晩中寝かせてもらえなかったよ。で、俺と結婚したいって言うんだよ。ただし、東京についていくのはいやだってな。で、いろいろと話し合ったんだけど、俺、千鶴と結婚してこの村に住むことにしたよ。俺ももう三十二歳だしさ、東京に戻ったところで恋人がいるわけじゃなし。そろそろ、年貢の納めどきかなって……千鶴の実家がすごく敷地の広い、豪邸でさ。本家と別宅もあって、ご両親とは別々に暮らせるっていうからさ」

樺沢はぐびっと缶ビールを呑んで、つづけた。

「で、そのことを伊藤に話したら、伊藤はもう前から、結婚して、ここに住むってことに決めていたらしくてさ。そうだよな、伊藤」

「ああ、俺はもう半年前から決めてたよ。仲居の古田恵美（ふるたえみ）と結婚して、ここに住もうってな」

伊藤先輩がいつもの癖で、顎を手で触りながら言う。

「ふ、古田恵美さんと、結婚するんですか？」

洋平は思わず聞き直していた。

古田恵美は二十九歳のきりっとした真面目そうな仲居で、まさか、伊藤先輩とそういう関係だったなんてまったく気づかなかった。

「恵美さんも六年前にご主人を亡くして、ずっと寂しかったらしいんだ。だけど、しばらくは喪に服さなければいけなかったし、その後も、満たしてくれる男がいなくて苦労してたらしい。ほら、この村は壮年男性が極端に少ないし、客に手を出すわけにはいかないじゃないか。で、悶々としていたときに、おれらが現れた。で、おれらは格好の獲物として狙われていたわけだ。まあ、俺は思惑通り、ぱっくり食われたわけだけどな」

伊藤が苦笑した。

「ここの女将の中谷郁子もそうだっただろ？　仲居たちの夜這いに手を貸したって

いうか、禁止令を解かせた。でさ、恵美に聞いたんだけど。どうやら、この村全体がぐるになって、俺たちを取り込もうとしていたみたいだぞ」

伊藤に、樺沢が同調した。

「そうなんだ。千鶴もそう言ってたな。つまり、この村は新しい男たちを呼び込まないと、未来がないんだ。ピンと来たよ。うちの社長、この旅館が別館を格安にうちに貸してくれたって言ってただろ？」

「ええ、そうおっしゃっていましたね」

洋平は答える。

「あれ、じつは社長がここの女将の罠に嵌まったんじゃないかって思ってるんだ。ここの女将、最初からおれらを仲居に誘惑させ、カップルを作らせて、ここに残らせる目的で格安のコロナ移住をさせたんじゃないかってな」

樺沢の言葉で、あっと思った。きっとそうだ。

「そう、思わないか？」

「……そうかもしれません」

「まあ、俺たちはまんまとそれに引っかかったわけだけどな……。で、洋平、ここの売店の石原優子とつきあってるよな？」

「……ええ、まあ」

洋平が優子と交際をしていることは、今や社員で知らない者はいないから、否定しても無駄だ。

「お前にしては頑張ったよな。あの、石原優子とつきあってるんだから……で、二人はどうするんだ、これから……別れることはないよな？」

樺沢が訊いてくる。

「もちろん。絶対に別れません」

「そうだよな。じゃあ、具体的にどうするんだ？　洋平がここに残るのか？　それとも、優子ちゃんを東京に連れていくのか？　もう決めてるんだろ」

「だいたいは……優子が、いや、優子さんが東京に出て、自分を試したい。働きたいって言うんで。優子さんも東京に来ると思います」

「そうか……」

樺沢と伊藤は一瞬顔を見合わせた。それから、樺沢が言った。

「じつは、俺たち二人でこの村で新しくＷＥＢ制作会社を立ちあげようって話をしているんだ。それに、もし洋平が加わってくれればなぁと思ってるよ。どうだ、考え直さないか？　『ノア』だって俺たち二人が抜ければ、かなり戦力ダウンになるだろうしな。洋平は前からこういう田舎暮らしが性に合っているって言ってたじゃないか。一緒に新しい会社を立ちあげようぜ。優子ちゃんだって、事情を話せばわかってくれるさ」

樺沢がいつになく熱弁をふるって、せまってくる。

(どうしよう……どう答えたらいいんだ?)

頭のなかで混乱の渦が巻き起こった。

この村で、先輩と会社を立ちあげるのも魅力的ではある。

(だけど、俺は会社や神崎日菜子をまた裏切るのか? この前は許してもらったというのに、その厚意を裏切るなんて……。それに、優子だって上京したいと言っているんだ。それを無視していいのか?)

きっとそんな感情が顔に出たのだろう。

樺沢が言った。

「まあ、すぐに結論は出ないだろうから、返事はもう少し待つよ。洋平も、優子ちゃんと相談してみてくれないか? 頼むよ」

「わかりました……相談してみます」

「頼むよ。じゃあ、今日は急に呼びつけて悪かったな。まだ二週間あるから、その間に答えを出してくれればいいから」

樺沢に伊藤先輩もうなずく。

「あっ、それから、このことは優子ちゃん以外には内緒にしてくれよ。今、ばれるといろいろと面倒だからな」

「それは大丈夫です」

「じゃあ、じっくり考えてくれ。俺たちは洋平を高く評価しているから」

「ありがとうございます……では、今夜はこれで失礼します」

困惑を抱えて、洋平は部屋を出た。

2

部屋に戻って、ずっとさっきの提案を考えていた。

かなりショックだった。今、うちの会社は揺れている。もしかしたら、この村に留まる者が、樺沢先輩と伊藤先輩以外にもいるかもしれない。

男性社員はあと三名だが、彼らも未亡人仲居に誘惑されて、落ちてしまっているという可能性はある。

（そうなったら、俺は？　いや、ダメだろう。これ以上、日菜子チーフを裏切れない。しかし、そのチーフだって、どうなるかわからない。今も旅館のマネージャーである瀧本さんとつきあっているみたいだし……もしかして、チーフもここに残ると言い出すかもしれない。そうなったら、俺は……）

などと悶々としていると、部屋のドアを控え目にノックする音が聞こえた。

（うん、誰だろう？　優子とは明日逢うことになっているから、今夜こんな遅くに来たりしないだろう）

洋平は起きあがって、ドアを薄く開けた。

そこに立っていたのは、神崎日菜子だった。

日菜子が浴衣姿で、こちらを見ている。

「チ、チーフ？」

「入っていい？」

「ど、どうぞ」

招き入れると、日菜子が入ってくる。

ストライプの浴衣に半纏（はんてん）をはおっている。日菜子は普段はきちんと服を着ていて、浴衣姿のチーフを見るのは初めてだ。

（色っぽいじゃないか……！）

シニヨンに結った黒髪からのぞくうなじが楚々として悩ましい。

「あの、何でしょうか？」

「話があるの。何か出して」

そう言って、日菜子は広縁の籐椅子に座って、足を組んだ。

浴衣がはだけて、むっちりとした太腿がのぞいている。

その悩殺的な光景を見て見ぬふりをして、缶ビールを出し、自分も正面の籐椅子に腰をおろした。

日菜子は出された缶ビールのプルトップを開けて、ぐびっ、ぐびっと呑み、

「ぁあああ、美味しいわ……」

缶ビールを置いて、まっすぐに洋平を見た。

「じつはね、きみを勧誘しにきたの」

唐突に言って、組んでいた足を解き、片足を籐椅子の座面に置いた。

（ああ、これは……！）

この前と同じだ。誘惑されて、矢代眞弓とのことを白状してしまったあのときと。

警戒警報が耳の裏で鳴り響いた。

だが、意志とは裏腹に、洋平の視線ははだけた浴衣からのぞく局部に釘付けにされてしまう。

日菜子はパンティを穿いていなかった。

漆黒の翳りが細長く切れ込んでいくあたりに、女の媚肉がわずかに顔をのぞかせているのだ。

「昨日、社長から帰京の方針が出されたけど、わたしは戻るつもりはないの」

日菜子の言葉で、洋平は我に返った。

「えっ……？」

「こここのマネージャーの瀧本さんにプロポーズされたのよ」

「プ、プロポーズ？」

「ええ、知らなかったでしょ？　じつは、わたしは瀧本さんとつきあっていたのよ。それでこの前、彼にプロポーズされたの……それもね、ただの結婚じゃないのよ」

日菜子が座面にあげた足をぐいっと付け根から開いたので、女の証がほとんど丸見えになった。

日菜子はそこを右手でさすりながら、つづけた。

「この旅館の若女将になってくれって言うのよ」

「えっ、それはまた、どういう？」

「女将には息子がいたんだけど、その息子が土石流で流されたのね。それで、跡継ぎがいなくて悩んでいたらしいんだけど、信頼できる跡取りは瀧本さんしかいないってことになって。その瀧本さんが結婚する相手を、教育して、ここの若女将にしようという話になったらしいわ。それで、瀧本さんがわたしを選んでくれたのよ」

「つまり、日菜子チーフはここに残って、若女将になるってことですか？」

「そうよ」

「じゃあ、会社のほうは？」

「残念だけど、辞めざるを得ないわね」

「………！」

洋平は言葉を失った。先輩二人だけではなく、日菜子チーフまで会社を辞めて、ここに残るとは。

（うちの会社はどうなってしまうんだろう？）

不安に駆られたそのとき、日菜子が言った。

「それでね、きみにはここに残って、うちの旅館の広報担当をしてもらいたいのよ。

WEBもすべてきみに任せるわ。きみならわかるでしょうけど、今、情報発信がすごく大切な時代なのよ。それいかんで、客が来るか来ないかが決まるの。だから、たとえばSNSで映える投稿をさせるとか、いろいろと方法はあると思うのよ。それをすべてきみに任せたいの。もちろん、お給料は弾むし、石原優子ももっといい条件で雇ってあげる。どうかしら？」

とても大切なことを言いながら、日菜子は足を開いて見せつづけているので、洋平は考えがまとまらない。

（ええい、どうなっているんだ、この会社は？　先輩が独立して、チーフまで……うちも終わりだ！）

動揺して頭が混乱している。その間にも、日菜子は翳りの底に指を持っていき、肉びらに添えて、指をV字に開いた。

（ああ、なかが……濡れている！）

洋平は何も考えられなくなって、ついついそこを見てしまう。

と、その視線を感じたのか、日菜子がすっと伸びた指を開閉させたので、ねちっ、ねちっといやらしい音とともに入口も開閉して、透明な蜜がしたたり落ちる。

「どう思う？　きみには最高の条件だと思うんだけど、率直にどう思ったの？　聞かせてくれないかな？」

「……俺にはもったいないような条件だと思います。でも、すぐには……だから、もう少し考えさせてください」

洋平はそう言うしかなかった。

じつは先輩二人に起業の参加を要請されているなんて、とても言えない。

（ああ、どうしたらいいんだろう？）

悩んでいると、日菜子が近づいてきた。

前にしゃがんで、浴衣の前身頃をひろげ、ブリーフを持ちあげた勃起の硬さを確かめるようにして触って、

「ほら、もうこんなにカチカチにして……」

ブリーフ越しにそそりたつイチモツの内側を手のひらでなぞってくる。

「ぁああ、ダメです！」

思わず、その手の動きを止めていた。

「どうして？」

「ダメなんです。こういうことをしてはいけないんです」

「優子ちゃんがいるから？」

「……はい」

「バカね。それはそれで、これはこれでしょ？　優子ちゃんはご飯で、わたしはオカズ。そう思えばいいわ。わたしだって、瀧本さんと結婚するのよ。でも、彼は彼、きみはきみよ。きみだって、毎日、お米ばかりだったら、絶対に飽きてくるわ」

日菜子がブリーフに手をかけて、おろしていく。

転がり出てきた分身は、気持ちとは裏腹にぐんと頭を擡げていた。

「ほら、もうこんなにして……男の人はね。自分の子孫を残すことが宿命だから、一度に何人もの女性に種付けができるようにできているの。だから、これで自己嫌悪に陥ることはないの。いいのよ、欲望に任せて……」

ちらりと見あげて、日菜子は茎胴を握った。ぎゅっ、ぎゅっと縦にしごきながら、艶めかしい目を向けてくる。

「気持ちいいでしょ？」

「ああ、はい……あっ、くっ……」

「平気よ。優子ちゃんには絶対に言わないから……ぁああ、美味しそうなバナナだわ。食べちゃっていい？」

「でも、俺、まだここに残るって決めたわけじゃあ……だから」

「いいのよ、いずれ決めれば……今はただ、きみのおチンポをおしゃぶりしたいだけ。いいでしょ？」

アーモンド形の目を向けられると、ノーとは言えなくなっていた。

「はい……でも、瀧本さんはいいんですか？」

「いいのよ。彼は彼、きみはきみ……このバナナも食べちゃいたいの」

日菜子は口角を吊りあげて見あげ、それから、静かに亀頭部を舐めてきた。

先っぽを押して、尿道口を開き、そこにちろちろと舌を這わせる。

いったん顔をあげて、唾液を落とした。命中した泡立つ唾液を尿道口に塗り込めるようにして舐められると、思ってもみなかった快感が押しあがってきた。

「ぁああ、それ、くうぅぅ」

「ふふっ、女の子みたいよ」

日菜子はくすっと笑って、今度は亀頭冠の裏に舌を這わせる。敏感なエラに沿ってぐるりと舌を一回転させ、真裏を集中的に攻めてきた。

根元をつかんで、余っている皮を完全に剝きおろし、ピンと張った筋を舌を巧妙に使って、刺激してくる。

「ぁああっ……」

思わず喘ぐと、日菜子は顔を横向け、横笛でも吹くように裏筋に沿って咥え、なかでちろちろと舌を使う。

右手がおりていって、皺袋をやわやわと下から持ちあげ、上体を低くして、睾丸にキスを浴びせた。

それから、裏筋に沿ってツーッと舐めあげ、そのまま上から頬張ってきた。

指を離して、口だけでじゅぶっ、じゅぶっと大きくストロークされると、わずかに残っていた優子への後ろめたさが消えていってしまう。

日菜子はストロークをやめて、なかで舌をからませてくる。

よく動く舌で裏筋を中心にねろり、ねろりと舐める。そうしながら、チューッと吸い込んでくれる。頬がぺこりと凹み、いかに強く吸引しているのかがわかる。

日菜子はいったん吐き出して、ちゅっ、ちゅっと亀頭部に慈しむようなキスをした。

根元を右手で握り、ゆったりとしごく。

そうしながら、途中まで頬張り、それと同じリズムで唇をすべらせる。

（ああ、これだ。これをされると、たまらなくなる！）

うねりあがる快感に、洋平は唸る。

根元を強くしごかれる鈍いが強い快感に、敏感なカリを擦られる峻烈な快感が入り交じって、体の中心が燃えるように熱い。

「ぁああ、ダメだ。出そうだ」

思わず言うと、日菜子はちゅるっと吐き出して、言った。

「ふふっ、前とあまり変わっていないわね」

その見下したような言い方に、カチンと来た。

「いや、俺、変わりましたよ」

「そう？　じゃあ、その変わったところを見せてくれない？」

「わかりました」

挑戦状を叩きつけられて、洋平の負けん気に火が点いた。

(俺はこの一年で成長した。もう、以前の俺じゃない。それを見せつけてやる！)

洋平は立ちあがって、日菜子の半纏を脱がし、腰紐を解いて、浴衣を脱がせた。

一糸まとわぬ姿の日菜子は、以前に見たときよりも、熟れている気がした。

色白の肌がむっちりと張って、乳房もたわわになり、ヒップもぱんと張っていた。もう一年も瀧本に抱かれていたのだから、その間に、肉体が順応して、いっそう豊かになったのだ。

仕事一筋だったチーフが、結婚してここに残るとまで言うのだから、瀧本とのセックスがいかに激しいものだったのかがわかる。

「その窓に両手を突いて、腰をこちらに突き出してください」

指示をすると、

「こう？」

日菜子が言われたように両手をサッシ式の窓に突いて、尻をこちらに向かってせりだしてくる。

「ええ……そのままですよ」

洋平は背後にしゃがんで、尻たぶをひろげた。

尻とともに、アヌスとその下の女の花園も開いて、

「ぁあん、いやよ……」

日菜子がくなっと色っぽく腰をよじった。

だが、その言葉を心の底から言っているのではないことはわかる。その証拠に、ぬっと現れた粘膜はぬらぬらと光って、透明な蜜で覆われている。

顔を寄せて、粘膜を舐めた。

ぬるっ、ぬるっと舌を這わせると、日菜子は両手でガラスを掻きむしって、

「ぁああ、いいのぉ……上手くなった。洋平、クンニが上手くなった……ぁあああ、クリちゃんを……」

日菜子がせがむように腰を持ちあげる。

洋平は翳りに隠れている陰核をさがして、そこに蜜をなすりつける。濡れたクリトリスを指で捏ねると、そこがあっと言う間にふくらんできて、

「そうよ、そこ……ぁああ、もっと……もっと強く。押しつぶしてぇ……」

日菜子がせがんでくる。

どうやら、日菜子は瀧本との情事で、Mに目覚めたようだ。

露天風呂で聞こえた二人の遣り取りも、瀧本のペースだった。おそらく瀧本はSなのだ。そして、日菜子はMに染められた。

ならばと、洋平は狭間を舐めながら、クリトリスを指で潰すように捏ねる。

すると、日菜子の気配が明らかに変わった。

「すごい、すごい……そうよ、そう……ぁあああ、欲しくなった。ください。あなたの大きくてカチンカチンのマラを入れてください。日菜子を串刺しにして……お願いします」

そう訴えてきた。

3

洋平は立ちあがって、いきりたつものを押し当てた。
ゆっくりと差し込んでいく。屹立が膣門を押し広げていき、すべり込んでいって、
「はうぅぅ……！」
日菜子は背中をしならせた。
「ああ、くっ……！」
と、洋平も奥歯を食いしばる。
相変わらずきつきつで、とろとろの粘膜がからみついてくる。
それも、ぎゅっ、ぎゅっと窄まるので、さらに気持ち良さが高まる。
ここに来たときなら、あっと言う間に搾り取られていた。だが、あれから洋平は
セックスを重ねて、耐久力もついたし、テクニックも身につけたつもりだ。
カーテンが開けてあるので、サッシ窓から外の夜景が見える。
外はベランダがついている。
こちらは山側で、目の前には緑なす林が見える。

（そうだ、オッパイを！）

思いついて、洋平は日菜子を押していく。

「胸をガラスに擦りつけてください」

言うと、

「いやよ……見えるわ」

日菜子がためらった。

「大丈夫ですよ。こっちは山側だから、誰にも見られませんよ。やってください」

「しょうがないわね」

日菜子は両手をあげるようにして、胸を開き、たわわな乳房をガラスに押しつけた。

きっと今、外から見たら、クラゲのようなオッパイが丸く密着している様子が丸見えだろう。

「ぁああ、冷たいわ」

「そりゃそうですよ。ガラスですから。今、誰かが裏口から出てきたら、オッパイが丸見えでしょうね。潰れたオッパイが」

「ぁああ、言わないで。やめて……」

「やめませんよ」

洋平は立ちバックで、後ろから尻の底をえぐりたてた。

「あんっ、あんっ、あんっ……ぁあああ、いや……許して。もう、許して」

日菜子が切なげに言う。

「許しませんよ。俺、前に露天風呂で聞いたことがあるんです。チーフが瀧本さんにやられて、あんあん喘いでいたのを」

「えっ……本当なの？」

「ええ……じつはあのとき、俺も仲居さんと隣の貸切り露天にいたんです。まさか、日菜子チーフがって、びっくりしました。でも、チーフの喘ぎ声を聞いているうちに、昂奮してしまって……それで、その仲居さんとしちゃいました。すごく、昂奮しました」

「いけない子ね。わたしの喘ぎ声を聞いて、昂奮するなんて……」

「そうなんです。俺、いけないやつなんです。今だって……」

洋平は腰をつかんで、抜けないように引き寄せながら、後ろからぐいぐい突きあげた。

「ぁああ、いいの……見られるかもって思うと、すごく昂奮する」

「俺もです」

洋平は尻を引き寄せて、日菜子を屈ませる。

ウエストをつかみ寄せて、思い切り突いた。すると、切っ先が深々と埋まり込んでいって、奥をしこたま突き、

「あんっ、あん、あんっ……ぁあああ、突き刺さってくる。洋平のおチンポが内臓に突き刺さってる……あん、あんっ、あんっ……」

日菜子はよく響く声で喘ぐ。

洋平はもっと日菜子を攻めたくなって、後ろからつながったまま、日菜子を布団へと押していく。

「ぁああ、こんなこともできるようになったのね」

日菜子は両手を彷徨わせて、後ろから押されるままに前に歩き、そして、布団に四つん這いになった。

洋平は真後ろについて、つづけざまに屹立を叩き込んだ。

「ぁああ、いいの。これが好き……犯されてる気がする」

そう言って、日菜子は自分から体勢を低くした。

両肘を突く形で、腰は高々と持ちあげる。両膝を大きく開いているので、尻が邪

魔にならずに、分身が深いところまで届くのがわかる。

その体勢で目一杯腰をつかうと、屹立が奥を激しく突いて、

「あんっ、あんっ、あんっ……ぁあああ、イッちゃう！」

日菜子が訴えてきた。

「いいですよ。イッていいですよ」

洋平は同じリズムで後ろからピストンする。

以前なら、こんなに連続してストロークしたら、射精していた。しかし、今はまだまだ大丈夫だ。

そのとき、日菜子が右手を後ろに差し出してきた。

こうしてほしいのだろうと、右腕を握って、引っ張った。そうやって、パワーが逃げないようにして、思い切り叩き込む。

「あんっ……あんっ……ぁあぁ、すごい。洋平、強くなった。あんっ、あんっ、あんっ……ぁあああ」

日菜子は喘ぎをスタッカートさせて、左手も後ろに差し出してきた。

洋平にはその意味がわかる。

左腕もつかんで、両腕を後ろに引いた。すると、日菜子の上体が斜めになるまで

持ちあがってきた。

洋平はここぞとばかりに、突きあげる。

自分は座るようにして、後ろにのけぞり、腰をかくん、かくんと突きあげる。近づいてきた尻の底にいきりたつものが激しく挿入されて、

「あんっ、あんっ……ぁあああ、イクわ。イッちゃう……」

日菜子が両手を後ろに引っ張られる格好で、逼迫した声を放つ。

「いいですよ。そうら、イクんです」

洋平はまだ射精したくない。歯を食いしばってこらえ、つづけざまに下から突きあげた。

「あん、あん、あんっ……イクぅ……あっ、あっ、あっ……」

日菜子はのけぞったまま、がくん、がくんと躍りあがった。

洋平はまだ放っていない。

昇りつめた日菜子をそっと布団におろし、うつ伏せになった女体を追って、覆いかぶさった。

後ろから、すべすべの背中を抱きしめるようにして、うなじにキスをする。

楚々とした襟足に唇を押しつけると、日菜子がそれに反応して、びくっ、びくっ

と震えた。

「ああ、すごい……洋平、まだ出していないのね」

「ええ……」

「本当に強くなった……まだ、カチンカチンだわ」

「日菜子さんが相手だと、すごくエレクトするんです」

「ぁああ、ねえ、このまま突いて。ねえ、ねえ……」

日菜子が尻だけを高く持ちあげて、誘うようにくねらせる。

洋平は腕を立てて、上体を離した。こうすれば、深く打ち込むことができる。

持ちあがってくる尻を叩きつぶすように打ちおろした。尻たぶを力ずくで押し開くようにして屹立を食い込ませると、

「ぁああ、これよ……いい。いいの……もっと、もっと突いて。ぁあぁうぅぅ」

日菜子はこうすれば深いところに届くとばかりに、尻をせりあげてくる。

（ぁああ、ダメだ。出てしまう！）

洋平はとっさに結合を外し、日菜子を仰向けにした。

すらりとした両足をすくいあげ、屹立を押し込んでいく。

とろとろに蕩けた肉路を切っ先が押し開いて、ぐっと奥までうがっていき、

「あうぅぅ……！」

日菜子が両手でシーツを握りしめた。

膝の裏をつかんで手に力を込めて前傾すると、日菜子の尻も浮きあがって、勃起と膣の角度がぴたりと合った。

洋平は両手で膝を押し開きながら、上から打ちおろしていく。

「ぁああ……ぁあああああ……すごい。洋平、すごいよ……」

日菜子が下から潤みきった目で見あげてくる。

（ああ、日菜子さん……）

よく練れた粘膜がからみついてきて、そこを押し広げていくと、ぐっと快感が高まる。

いったん足を離して、唇を奪う。キスをしながら腰を躍らせる。

さらには、乳房にしゃぶりついた。

形のいい乳房を揉みしだき、尖っている乳首を舌で転がし、吸った。そうしながら、屹立の先で奥を捏ねつづけた。

「ぁああ、ああああ……気持ちいい……気持ちいい」

日菜子はもう陶酔した様子で、洋平の首の後ろを引き寄せ、足を洋平の腰にからませる。そして、もっと突いてとばかりに濡れ溝を擦りつけてくる。

洋平も至福のベールに包まれていた。

腕立て伏せの格好で腰を律動させていると、ふいに射精感が込みあげてきた。

「ぁああ、日菜子さん、出そうだ」

訴えると、

「わたしも、わたしももうイク……ちょうだい。洋平の精子をちょうだい。いいのよ、出していいのよ。ぁああ、欲しい！　今よ、突いて！」

日菜子がさしせまった様子で求めてきた。

「ぁああ、日菜子さん……出しますよ」

洋平は上体を立てて、膝裏をつかみ、ぐいと持ちあげながら突き刺していく。

ぐさっ、ぐさっと差し込むたびに、えも言われぬ快感がふくらんでくる。そして、日菜子はもう何が何だかわからないといった様子で、シーツを鷲づかみにして、

「あんっ、あんっ、あんっ……ぁあああ、ぁああああ、イキそう。イクわ、イク、イク、イッちゃう！」

と、さかんに首を左右に振る。

洋平は急激に追い詰められた。

「あん、あんっ、あんっ……イク、イクわ……イキます」

豊乳をぶるん、ぶるるんと揺らしながら、日菜子は両手で後ろ手に枕をつかんでいる。

「いいですよ。イッてください。イケぇ！」

最後にぐぐっと奥まで届かせたとき、

「イクぅ……やぁあああああああぁぁぁぁぁ！」

日菜子は悲鳴に近い声を放って、のけぞり返った。

直後に、洋平も大量の精液をしぶかせていた。

4

一か月後、洋平は東京に新しく借りたアパートで、石原優子の引っ越しの荷物を二人で片づけていた。

送られてきた段ボール箱を開けて、荷物を取り出し、しかるべきところに置く。

こうしていても、洋平はS温泉旅館での修羅場を思い出してしまう。

最後の日に、樺沢先輩と伊藤先輩が仲居さんと結婚するから、会社を辞めて、ここに残ると宣言した。そのすぐあとに、神崎日菜子もマネージャーの瀧本と一緒になって、若女将としてこの旅館を継ぐという爆弾宣言をした。

それを聞かされていなかった藤掛社長は怒り心頭に達して、三人を裏切り者呼ばわりし、罵倒しつづけた。

洋平はその前に、石原優子と話をして、どうするかを決めていた。

『ノア』を辞めずに会社と行動をともにして、東京に帰り、優子もS村を出て、上京して、一緒に住むことを選択した。

じつはと、優子にすべてを伝えたところ、

『我が儘（わがまま）を言わせてもらえるなら、わたしは東京に出て、洋平と一緒に住みたいです』

と優子が言ったからだ。

何よりも、優子の気持ちを尊重したかったから、その通りにした。

『ノア』は日菜子チーフと、頼れるベテラン二人を失って、人手が足りずに今もパニックになっている。それでも、社長は技量のある二人のWEBプロデューサーとデザイナーをスカウトしてきたから、そのうちに上手くまわるようになるだろう。

洋平はと言えば、今はもう目がまわるくらいの大忙しだ。

だが、洋平の苦しい日々ももう終わる。今日、優子が引っ越してきたからだ。自分の荷物を整理していた優子が、テレビの脇に置いてあった白い収納ボックスの扉を開けて、エッという顔をした。

見つからないように隠したつもりだったAVのパッケージを取り出して、

「いやだ。これ……」

優子が目をまん丸にした。

「ああ、ゴメン。優子と同棲することになって、AVはほとんど捨てたんだけど、それは好きなやつだから、どうしても処分できなかったんだ。ゴメン」

洋平が謝ると、

「もう……洋平はわたしより、この女優さんがいいの？」

優子がかわいく拗ねた。

「それはないよ。優子に決まってるじゃないか。わかったよ。捨てるから」

洋平がそのAVをゴミ箱に捨てようとすると、

「いいよ。もったいないよ……あとで、二人で見よ」

優子がそのAVをテレビの隣に置く。

（ああ、なんていい子なんだ）

洋平はそんな優子がますます愛おしくなる。

Tシャツに綿パンを穿いているが、今、優子はどんどんセクシーになってきている。

この十日ほど優子と離ればなれで、逢っていなかった。そのせいもあるのか、引っ越し途中でも、気持ちを抑えられなくなった。

「逢いたかった……」

優子を正面から抱きしめた。

唇を合わせながら、がしっと肢体を抱き寄せる。柔らかな身体を感じ、いい香りを嗅ぐだけで、股間のものが力を漲らせてしまう。

すると、それがわかったのか、優子の手がおりていき、ズボンの股間をとらえた。その硬さを確かめるようになぞってくる。

優子は舌を差し込んでからめながらも、情熱的にイチモツをさすりあげてくる。

キスをやめて、優子がしゃがんだ。

ジャージをおろして、ブリーフも脱がしてくれる。転げ出てきた勃起を愛おしそうに触って、

「十日逢っていなかっただけなのに、すごく寂しかった」

大きな目で見あげ、顔を寄せてきた。

ちゅっ、ちゅっと亀頭部にキスをして、唇をひろげて静かに頬張ってきた。

ゆっくりと唇がすべると、羽化登仙（うかとうせん）の気持ちになって、甘い快感がひろがってくる。

優子はいったん吐き出して、手指で握りしごきながら、

「気持ちいい？」

訊いてくる。

「ああ、すごく……優子のおフェラは最高だよ。きみは天使だ」

言うと、優子は照れたようにはにかみ、唇をひろげて勃起にぷにっとした唇をかぶせてきた。

（了）

＊この作品は、イースト・プレス悦文庫のために書き下ろされました。

イースト・プレス
悦文庫

湯けむり、未亡人村

霧原一輝（きりはらかずき）

2022年5月22日　第1刷発行

企　画　松村由貴（大航海）
発行人　永田和泉
発行所　株式会社 イースト・プレス
〒101-0051
東京都千代田区神田神保町2-4-7 久月神田ビル
電　話　03-5213-4700
FAX　03-5213-4701
https://www.eastpress.co.jp
印刷製本　中央精版印刷株式会社
ブックデザイン　後田泰輔（desmo）

ISBN978-4-7816-2076-3 C0193